Illustration *Sir* LAWRENCE ALMA-TADEMA(1836-1912)
로렌스 알마 타데마 경: 네덜란드 출신으로 영국에서 활동한 역사화가이다. 고대 그리스, 로마, 이집트 등 주로 고전, 고대의 주제들을 묘사한 그림을 그렸다. 1870년 영국으로 건너가 생애 대부분을 영국에서 활동한 그는 고전주의 양식의 작품을 그리며, 고대 문명의 이상적인 면모를 정교하게 재현해내고자 하였다. 1899년 빅토리아 여왕으로부터 기사 작위를 받았다.

"이 말씀에 담긴 지혜의 씨앗을
여러분의 영혼에서 꽃피우십시오."

Kahlil Gibran

THE VOICE
of the
MASTER

KAHLIL GIBRAN

THE VOICE OF THE MASTER *by Kahlil Gibran*

Translated from the Arabic by Anthony R. Ferris, London, 1958
Korean Translation Copyright © 2019 by ATHENEE Publishing Co.

영혼의 순례자 칼릴 지브란
지혜의 서

지은이 칼릴 지브란
옮긴이 강주헌
발행인 양성숙
발행처 아테네

발행일 스페셜에디션 1쇄 발행 2019년 7월 10일
　　　　 스페셜에디션 1쇄 인쇄 2019년 6월 30일

출판등록 2000년 6월 2일(제1-2692호)

주소 경기도 고양시 일산동구 중앙로1275번길 86-1
전화 031 912 1730 **팩스** 031 912 1732
이메일 atheneumbook@hanmail.net

ISBN 978-89-94305-08-0 02890

Cover Design *Yedang Graphics, Helen Yang*
Cover *A Reading from Homer*(호메로스 읽기),
Lawrence Alma-Tadema(1836-1912), 1885

이 도서의 국립중앙도서관 출판예정도서목록(CIP)은 서지정보유통지원시스템 홈페이지
(http://seoji.nl.go.kr/)와 국가자료공동목록시스템(http://www.nl.go.kr/kolisnet)에서
이용하실 수 있습니다. (CIP제어번호: CIP2019014382)

영혼의 순례자
칼릴 지브란

지혜의 서

칼릴 지브란
강주헌 옮김

우리 인생길 반 고비에, 올바른 길을 잃고서 나는 어두운 숲에 처했었네. 아, 이 거친 숲이 얼마나 가혹하며 완강했는지, 얼마나 말하기 힘든 일인가! 생각만해도 두려움이 새로 솟는다. 죽음도 그보다 덜 쓸 테지만, 거기서 찾았던 선을 다루기 위해, 거기서 보아둔 다른 것들도 말하려 한다.

어떻게 숲에 들어섰는지는 확실히 말할 수 없으나, 진정한 길에서 벗어난 그때 잠에 취해 있었던 것은 분명하다. 그러나 내 마음을 무서움으로 적셨던 그 골짜기가 끝나는 어느 언덕 기슭에 이르렀을 때, 나는 위를 바라보았고, 사람들이 자기 길을 올바로 걷도록 이끄는 별의 빛줄기에 벌써 휘감긴 그 언덕 등성이가 보였다.

단테, 「신곡」 서문

"

영혼의 풍요로움은 우리 얼굴을 아름답게 해주며,
서로에 대한 인정과 존중을 싹트게 해준다.

모든 생명체에 깃든 영혼은 눈빛과 표정에서,
그리고 어떤 형태로든 몸짓에서 드러나기 마련이다.

겉모습과 말솜씨와 행동이
우리 자신보다 소중한 것은 아니다.

영혼은 우리를 지켜주는 집이고, 우리 눈동자는 창문이며,
우리 언어는 영혼의 전달자이기 때문이다.

"

머리말

마침내 나는 말을 할 수 있게 되었다. 이제 나는 그것을 말하려 한다. 죽음이 나의 말을 가로막는다면 내일이 나를 대신하여 말해 줄 것이다. 내일은 오늘의 비밀을 영원의 책에 감추는 법이 없기 때문이다.

마침내 나는 사랑의 기쁨에서, 아름다움의 영광 속에서 살게 되었다. 사랑과 아름다움은 신의 모습이라 할 수 있기 때문이다. 나는 이 땅에 살고 있으며, 또한 삶의 세계에서도 결코 사라지지 않을 것이다. 나의 살아 있는 말로써 나는 죽음에서도 살아 있을 것이기 때문이다.

──────────── ▲▲▲ ────────────

마침내 나는 모두를 위하여 모두와 더불어 이 땅에 있게 되었다. 내가 오늘 처절한 외로움과 싸우며 행하는 것이 내일이면 사방으로 퍼져 나아갈 것이다.

오늘은 나 홀로이지만 내일이면 나의 말을 수많은 사람들이 말하게 될 것이다.

Kahlil Gibran

CONTENTS

머리말 14

ONE 스승과 제자의 대화

1 베네치아를 다녀오신 스승 21
2 스승의 죽음 67

TWO 지혜의 말씀

1 삶에 대하여 118
2 인간이 만든 법의 순교에 대하여 126
3 생각과 명상에 대하여 132
4 첫 눈길에 대하여 140
5 첫 입맞춤에 대하여 144
6 결혼에 대하여 148
7 인간의 신성에 대하여 154
8 이성과 지식에 대하여 162
9 음악에 대하여 172

CONTENTS

10 지혜에 대하여 180

11 사랑과 평등에 대하여 188

12 스승의 메시지 196

13 귀를 가진 사람들에게 204

14 사랑과 젊음 216

15 지혜와 나 226

16 두 도시 236

17 자연과 사람 244

18 내가 사랑한 여인 250

19 젊음과 희망 258

20 부활 272

옮긴이의 글 288
칼릴 지브란의 생애와 문학 292

PART ONE
THE MASTER AND THE DISCIPLE

ONE

스승과 제자의 대화

1

베네치아를
다녀오신
스승

PART ONE

1. THE MASTER'S JOURNEY TO VENICE

──────────────── ▲▲▲ ────────────────

마침내 제자는 스승이 정원을 조용히 산보하는 것을 보게 되었다. 창백한 얼굴에 수심이 가득해 보였다. 제자는 스승에게 알라의 이름으로 인사를 건네며, 무엇 때문에 그렇게 슬픔에 잠겨 지내느냐고 물었다. 스승은 지팡이를 가볍게 들어 올리며, 제자에게 연못가의 바위에 앉으라고 말했다. 제자는 스승의 지시대로 연못가의 바위에 앉아 스승의 이야기를 경청할 자세를 갖추었다.

THE VOICE OF THE MASTER

    스승은 조용히 말하기 시작했다.

    기억이 매일 밤낮으로 내 가슴을 짓누르는 슬픈 이야기를 네가 정녕 듣고 싶은 것이냐? 내가 아무런 말도 없이 오랫동안 침묵하며 지내는 모습에 너도 지쳤을 것이다. 내 깊은 한숨과 비탄에 너도 무척이나 당혹스러웠을 것이다. 또 너는 혼자서 "스승께서 내게 슬픔을 나눠주지 않으시는데 내가 어찌 스승과 즐거움을 함께 나눌 수 있겠는가?"라고 자책하기도 했을 것이다.

    내 이야기를 잘 들을거라, 그저 듣기만 하거라. 나를 동정할 생각은 추호도 하지 말거라. 동정은 약한 사람에게나 필요한 것이기 때문이다. 아직은 그 정도의 고통을 이겨낼 수 있으니까.

THE MASTER AND THE DISCIPLE

    젊은 시절부터 나는 잠을 잘 때에나 깨어있을 때에나 이상한 여인의 환영에 시달려왔다. 지금도 한밤중에 혼자 있을 때이면 그 여인은 어김없이 찾아와 내 침대 옆에 앉는다.

    짙은 어둠의 침묵 속에서 그녀가 소곤대는 천상의 목소리까지 들려온다. 눈을 감으면 입술에서 그녀의 부드러운 손길이 느껴진다. 깜짝 놀라 눈을 뜨지만 두려움을 떨쳐낼 수가 없다. 그리고 무의 세계에서 조용히 들려오는 속삭임에 골똘히 귀를 기울이게 된다.

    가끔씩 나는 이런 생각에 잠긴다.

    내가 안개 속을 헤매면서 길을 잃은 듯한 기분에 사로잡히는 이유가 무엇일까?

내 상상에 불과한 것은 아닐까?

내가 꿈의 실타래를 연결시켜서 감미로운 목소리와 부드러운 손길을 가진 새로운 신을 만들어낸 것은 아닐까?

내가 미친 것일까?

그런 광기에서 내가 그처럼 사랑스런 벗을 창조해낸 것은 아닐까?

내가 진정으로 사모하는 그녀와 단둘이 있기 위해서 사람들로 득실대는 사회에서, 도시의 소음에서 탈출해버린 것은 아닐까?

그녀의 모습을 더욱 확실하게 보고, 그녀의 달콤한 목소리를 더욱 확실하게 듣기 위해서 삶의 세계에 눈과 귀를 닫아버린 것일까?

THE MASTER AND THE DISCIPLE

　때로는 이런 생각도 해본다.

　내가 고독을 즐기는 미치광이는 아닐까? 외로운 삶에서 떠오른 환영들을 내 영혼의 벗과 배필이라 착각하는 미치광이는 아닐까? 그래, 나는 배필이라 말했다. 너로서는 깜짝 놀랄 단어일 것이다.

　하지만 생각해보아라. 우리는 이 세상을 살면서 이상한 일들을 얼마나 자주 겪느냐? 우리가 불가능한 것이라 생각하며 물리치는 일들이 우리 기억에서 쉽게 사라지느냐?

　기억에서 지워내려 아무리 노력해도 결코 지워버릴 수 없는 일들이 얼마나 많으냐?

　내가 환상에서 만나는 여인은 내 아내와 다름없는 존재였다. 삶의 온갖 즐거움과 슬픔을 나와 함께 나누었던 아내였다.

THE VOICE OF THE MASTER

　아침에 잠에서 깨어나면 그녀가 내 얼굴을 굽어보고 있다. 자애로움과 모성애로 가득한 눈빛으로 내게 눈을 맞춰 온다.
　내가 무엇인가를 계획할 때에도 그녀는 내 곁을 지켜준다. 내가 그 꿈을 성취하도록 나를 도와준다. 내가 식탁에 앉을 때에도 그녀는 내 곁에 앉는다. 그리고 우리는 서로의 생각을 교환한다.
　저녁이 되면 그녀는 내 곁을 다시 찾아와, "이곳에 너무 오랫동안 머물렀어요. 저 넓은 초원과 벌판을 함께 산책해요."라고 속삭인다.
　그럼 나는 하던 일을 멈추고, 그녀를 따라 벌판으로 나간다.
　우리는 커다란 바위에 나란히 앉아 멀리 있는 지평선을 바라본다.

THE MASTER AND THE DISCIPLE

그녀는 황금빛 구름을 가리키며, 새들이 잠자리를 찾아 돌아가기 전에 지저귀는 소리를 일깨워준다. 그리고 자유와 평화를 선물로 주신 신께 감사드린다.

내가 걱정과 불안에 시달릴 때마다 그녀는 내 방을 찾아온다.

그녀가 내 눈에 띄는 순간, 걱정과 불안이 봄눈처럼 사라지고 환희와 평온으로 바뀐다.

인간의 인간을 향한 학대에 내 영혼이 몸서리칠 때, 내가 도망치듯 피해버린 수많은 얼굴들 틈에서 그녀의 얼굴을 보게 되면 감미로운 평화의 목소리가 들려오며 폭풍처럼 들썩대던 내 가슴을 진정시켜 준다.

THE VOICE OF THE MASTER

내가 혼자서 외로움을 느낄 때,
삶의 가혹한 비수가 내 심장을 찔러올 때,
내가 삶의 굴레에서 힘겨워 할 때,
그 벗은 어김없이 찾아와 내게 사랑의 눈빛을 던져준다.
그때 슬픔이 기쁨으로 바뀌고,
삶의 세계는 행복에 젖은 낙원이 된다.

물론 너는 내게 이렇게 묻겠지?

그런 환영에게서 내가 어찌 평온함을 얻을 수 있고, 인생의 봄날을 맞은 나와 같은 사람이 어찌 환영과 꿈에서 즐거움을 찾을 수 있겠느냐고?

그러나 네게 분명히 말하지만, 내가 이 땅에서 지낸 시간들은 삶과 아름다움과 행복과 평화에 대해 내가 얻은 깨달음의 근원이었다.

상상 속의 벗과 나는 태양의 얼굴 앞에서도 자유롭게 떠돌고, 거친 바다에서도 여유롭게 떠다니며, 달빛을 받으며 흥겹게 노래하는 사색과도 같은 존재였기 때문이다.

그래, 나는 그 벗과 영혼을 달래주며 영혼을 지극히 아름다운 세계로 인도해 주는 평화의 노래를 함께 불렀다.

삶이란 우리가 영혼을 통해서 목격하고 경험하는 것이지만, 우리는 분별력과 이성을 통해서 이 세상을 알게 되는 법이다.

THE VOICE OF THE MASTER

　이 세상의 비밀을 깨닫게 될 때 우리는 커다란 기쁨이나 슬픔을 겪게 된다.

　나는 서른이 되지 않았을 때 운명적으로 슬픔을 경험해야 했다. 내 심장의 피가 말라붙고 내 생명의 기운이 고갈되기 전까지.

　또한 흥겨운 산들바람에도 움직이지 않는 가지만이 남아 새들도 더 이상 둥지를 짓지 않는 시든 나무처럼 변해버리기 전까지 내가 어찌 죽을 수 있겠느냐?

THE MASTER AND THE DISCIPLE

스승은 잠시 말을 멈추었다. 그리고 제자의 곁에 조용히 앉으며 말을 계속했다.

20년 전, 레바논의 총독이 내게 학문적 임무를 주며 베네치아로 파견했다. 총독은 콘스탄티노플에서 만났다는 베네치아 시장에게 보내는 추천장까지 써주었다.

나는 니산 항구에서 이탈리아 배를 타고 레바논을 떠났다. 봄 내음이 내 코를 간질였고, 한 폭의 아름다운 그림처럼 하얀 구름들이 수평선 위에 매달려 있었다.

그 여행을 하는 동안 내 가슴은 한없는 환희에 젖어들었다. 그 환희를 어찌 말로 표현할 수 있겠느냐?

THE VOICE OF THE MASTER

　　인간의 깊은 내면을 완벽하게 표현하기에 인간의 언어는 너무도 부족하고 빈약한 것이 아니겠느냐?

　　내가 천상의 벗과 보낸 시간은 만족감과 즐거움과 평화로움으로 가득했었다. 언젠가 이별의 고통이 닥치리란 생각은 꿈에도 하지 않았다.

　　내 기쁨의 잔 바닥에 고통의 씨앗이 감추어져 있으리란 생각은 눈곱만치도 하지 않았다.

　　마차에 몸을 싣고 고향 언덕을 떠나 바닷가의 항구로 떠날 때에도 그 벗은 내 곁에 앉아 있었다. 베이루트에서 즐겁게 보낸 사흘 동안에도 그녀는 내 곁에 있었다.

　　바로 내 곁에서 그 도시를 정처 없이 돌아다녔고, 내가 멈추는 곳마다 그녀도 멈추었다.

THE MASTER AND THE DISCIPLE

한 친구가 내게 다가와 말을 걸 때에는 미소 띤 얼굴로 나를 물끄러미 지켜보았다. 베이루트 시내가 굽어보이는 여인숙의 발코니에 앉아 몽상에 젖었을 때에도 그녀는 나와 함께 있었다.

그러나 내가 배에 올라야 했을 때 커다란 변화가 나를 삼켜버렸다. 낯선 손이 나를 붙잡고 놓아주지 않는 듯한 느낌이었다. 그리고 내 내면에서 속삭이는 목소리가 들렸다.

"돌아서! 가지마! 배가 돛을 올리기 전에 내려!"

나는 그 목소리를 마음에 두지 않았다. 그러나 배가 돛을 높이 올렸을 때 나는 작은 새가 된 기분이었다.

솔개의 날카로운 발톱에 붙잡힌 채 하늘로 한없이 끌려 올라가는 작은 새가 된 기분이었다.

THE VOICE OF THE MASTER

저녁 무렵 레바논의 산들과 언덕들이 멀리 지평선으로 물러섰을 때 나는 뱃머리에서 깊은 고독에 빠져들었다.

주변을 둘러보며 내 꿈속의 여인을 찾았다. 내가 가슴으로 사랑했던 여인, 내 젊은 시절의 반려자를 찾았다.

그러나 그녀는 어디에도 없었다. 내가 하늘을 바라볼 때마다 아름다운 얼굴을 내밀어주던 여인, 밤의 침묵에서도 내게 감미로운 목소리를 속삭여주던 여인, 내가 베이루트 거리를 걸을 때마다 내 손을 잡아주던 여인, 그 여인이 내 곁에 없었다.

그처럼 처절한 외로움은 처음이었다. 깊은 바다를 항해하는 배에 나 혼자 덩그러니 남겨진 듯한 기분이었다.

나는 갑판 위를 천천히 걸었다. 그녀를 가슴으로 불러보았다. 그녀의 얼굴을 볼 수 있으리란 실낱같은 희망으로 넘실대는 파도에 눈길을 던져보았다. 그러나 모든 것이 헛일이었다.

그렇게 자정이 되었다. 모든 승객이 잠자리를 찾아갔지만 나는 갑판을 떠날 수 없었다. 외로웠다. 불안했다. 초조했다. 별안간 하늘을 보고 싶었다.

나는 얼굴을 들었다. 그녀가 보였다. 내 삶의 벗, 그녀가 있었다. 뱃머리 위로 살짝 올라선 구름 속에 그녀가 있었다.

나는 뛸 듯이 기뻤다.

두 팔을 활짝 벌리고 크게 소리쳤다.

"사랑하는 여인이여, 왜 나를 버리셨나요? 대체 어디에 있었던 거요? 대체 어딜 다녀오신 건가요?

THE VOICE OF THE MASTER

이제 내 곁으로 오소서. 다시는 나를 혼자 내버려두지 마소서."

그러나 그녀는 꼼짝도 하지 않았다. 그녀의 얼굴에서 슬픔과 고통을 읽을 수 있었다. 전에는 볼 수 없던 얼굴 빛이었다.

그녀는 천천히 말하기 시작했다. 한없이 부드러운 목소리였지만 슬픈 기운이 어려있었다.

"당신을 다시 보고 싶어 저 깊은 바다에서 올라왔습니다. 당신의 선실로 내려가십시오. 그리고 잠과 꿈에 당신을 맡기십시오."

이런 말을 남긴 후, 그녀는 구름과 하나가 되었고 흔적도 없이 사라졌다.

나는 굶주린 아이처럼 그녀를 미친 듯이 불러보았다.

THE MASTER AND THE DISCIPLE

그녀를 찾아 두 팔을 사방으로 휘저어보았지만, 내 품에 안기는 것은 이슬에 젖어 축축해진 밤공기뿐이었다.

나는 선실로 내려갔다. 배가 격노한 파도에 울렁대는 느낌이었다. 나는 다른 사람들과 다른 배에 타고 있는 듯한 기분이었다.

당혹감과 절망에 몸부림치는 거친 바다에 몸을 내던진 기분이었다. 이상하게도 베개에 머리를 대는 순간 나는 곧바로 깊은 잠에 빠져들었다.

나는 꿈을 꾸었다. 꿈속에서 십자가 모양의 사과나무를 보았다. 그런데 내 벗이 십자가에 못 박힌 듯이 그 사과나무에 매달려 있는 것이 아닌가!

그녀의 손과 발에서 떨어지는 핏방울이 땅에 떨어진 사과 꽃을 적셨다.

THE VOICE OF THE MASTER

배는 밤낮을 가리지 않고 항해를 계속했다.
그러나 나는 넋을 잃은 기분이었다.
내가 먼 나라로 여행을 떠나는 사람인지, 하늘의 구름을 건너뛰는 혼백인지도 알 수 없었다.
나는 그녀의 목소리를 듣게 해달라고, 그녀의 그림자라도 보게 해달라고, 그녀의 손가락이 내 입술을 살짝이라도 만지게 해달라고 하느님께 간구했지만 아무런 소용이 없었다.

THE MASTER AND THE DISCIPLE

그렇게 14일이 흘렀다. 내 외로움은 더욱 깊어 갔다. 15일째 되던 날 정오, 우리는 저 멀리에서 이탈리아 해안을 볼 수 있었다.

땅거미가 내릴 즈음 우리는 항구로 들어갔다. 화려하게 꾸민 곤돌라들이 배로 몰려와 승객들을 도시로 실어 날랐다.

베네치아는 조밀하게 맞붙은 작은 섬들로 이루어진 도시였다. 도로가 운하였고, 무수한 궁전과 저택이 물 위에 건설된 도시였다. 곤돌라가 유일한 운송수단이었다.

곤돌라 사공이 내게 어디로 가냐고 물었다.

내가 베네치아 시장에게 갈 것이라 대답하자, 그는 겁에 질린 표정으로 나를 바라보았다.

우리는 운하를 따라 시내로 들어갔다. 밤의 어둠

이 도시 전체를 뒤덮고 있었다.

궁전과 교회의 창문에서 새어나온 빛이 물에 반사되면서 도시를 시인의 꿈에서나 볼 수 있을 법한 매혹적이면서도 신비로운 기운으로 감쌌다.

두 운하가 만나는 지점에 곤돌라가 도착했을 때, 교회에서 울리는 종소리가 갑자기 내 귀를 때렸다. 무척이나 음울하게 들렸다.

나는 현실 세계에서 떨어져 무아경에 빠져 있었지만, 그 종소리는 내 심장을 파고들었고 내 기분을 울적하게 만들었다.

곤돌라가 부두에 들어서자 사공은 포장된 길로 연결된 대리석 계단 아래에 곤돌라를 정박시켰다. 그리고 공원 한가운데 세워진 장려한 궁전을 가리키며 내게 말했다.

THE MASTER AND THE DISCIPLE

"저기가 손님께서 가실 곳입니다."

나는 대리석 계단을 천천히 올라 궁전으로 향했다. 곤돌라 사공이 내 짐을 등에 지고 뒤따라 왔다. 커다란 대문 앞에 도착해서 나는 사공에게 뱃삯을 치르고 고맙다는 인사를 건넸다.

나는 대문 앞에 달린 종을 울렸다. 잠시 후 문이 열렸다. 그러나 나를 맞아준 것은 비탄에 젖은 울음이었다. 나는 놀라기도 했지만 당혹스러웠다. 나이가 지긋한 하인이 내게 다가왔다.

슬픔에 잠긴 목소리로 내게 누구를 찾느냐고 물었다. 나는 "이곳이 시장님의 궁전입니까?"라고 물었다.

하인은 내게 허리를 깊숙이 숙이며 고개를 끄덕이는 것으로 대답을 대신했다.

THE VOICE OF THE MASTER

나는 레바논 총독이 주었던 편지를 하인에게 건네주었다.

하인은 그 편지를 물끄러미 쳐다본 후, 접견실로 연결된 문을 향해 발걸음을 무겁게 떼었다.

나는 젊은 하인에게 눈길을 돌리며 그처럼 모두가 슬픔에 잠긴 이유가 무엇이냐고 물었다.

젊은 하인은 시장의 딸이 바로 그 날 세상을 떠났다고 대답했다. 그리고 하인은 얼굴을 두 손에 묻고 애처롭게 흐느꼈다.

희망과 절망 사이에서 몸부림치며 바다를 건너온 사내가 힘겨운 여행을 끝냈지만, 그 목적지가 슬픔과 비탄에 짓눌린 것을 알았을 때 어떤 심정이었을지 상상할 수 있겠느냐?

베네치아 궁전에서 이국적인 환대와 후대를 기

THE MASTER AND THE DISCIPLE

대했건만, 하얀 수의를 걸친 죽음이 그를 맞아주었을 때 어떤 심정이었을지 짐작할 수 있겠느냐?

잠시 후 늙은 하인이 돌아와서 허리를 공손히 굽히며 말했다.

"시장님께서 손님을 기다리십니다."

하인은 나를 복도 끝에 있는 문 앞으로 데려갔다. 그리고 내게 문을 열어주며 들어가라고 손짓해 보였다.

접견실은 성직자들과 고위관리들로 가득했다. 모두가 깊은 침묵에 빠져 있었다. 그들에게 둘러싸여 있던 하얀 수염을 기른 노인이 내게 다가와 내 손을 꼭 잡아주며 말했다.

"먼 곳에서 찾아온 자네를 이렇게 대접해서 정말 미안하구먼. 우리가 사랑하던 너무도 소중한 딸이 우리 곁을 떠난 날인 걸 어쩌겠나? 하지만 이런 슬픈 사별 때문에 자네 일에는 차질이 없도록 조치하겠네. 내가 힘닿는 데까지 도와줄 테니 안심하도록 하게."

나는 그의 친절함에 감사하며 충심으로 애도를 표했다. 그리고 그가 가리킨 자리에 앉은 순간부터 나도 그들과 함께 침묵의 세계로 빠져들었다. 수심에 잠긴 조문객들의 얼굴을 유심히 바라보며 그들의 비탄 어린 한숨 소리를 들을 때마다 내 가슴도 슬픔과 고통에 미어지는 듯했다.

조문객들이 하나씩 떠나기 시작했다. 마침내 슬픔에 잠긴 아버지와 나만이 접견실에 남게 되었다. 나도 접견실을 떠나려 자리에서 엉거주춤 일어서자, 그가 내 손을 붙잡으며 말했다.

"젊은이, 가지 말아주게. 자네가 이 슬픔을 견딜 수 있다면 우리 곁에 남아 주게. 우리 손님이 되어주게."

그의 간절한 말투에 나는 감히 거절할 수 없었다. 나는 고개를 끄덕이는 것으로 대답을 대신했다.

그러자 그는 "레바논 사람들은 낯선 사람을 극진히 대접한다고 들었네. 그런 레바논에서 온 손님을 정중하고 정성스럽게 대접하지 않는다면 우리 의무에 소홀히 한 것이 되겠지."라고 말하면서 조그만 종을 쳤다.

화려한 제복을 차려입은 시종이 접견실에 들어왔다.

베네치아 시장이 시종에게 말했다.

"동쪽 건물에 있는 방으로 이분을 모시도록 하

게. 이곳에 머무시는 동안 조금도 불편함이 없도록 극진히 대해 드리게."

시종은 나를 화려한 가구가 갖추어진 널찍한 방으로 안내했다. 시종이 방을 떠나자마자 나는 푹신한 침상에 털썩 주저앉아 이국땅에서 내게 닥친 상황을 곰곰이 생각해보았다. 내가 태어난 땅에서 멀리 떨어진 이곳에 발을 디딘 순간부터 그때까지의 시간을 찬찬히 되돌아보았다.

그러나 잠시 후 시종이 은쟁반에 저녁 식사를 준비해서 돌아왔다.

저녁 식사를 끝낸 후 나는 방안을 천천히 걸었다. 때로는 창 앞에 걸음을 멈추고 베네치아의 밤하늘을 바라보았다. 가끔씩 커다란 환성과 곤돌라의 노가 물을 때리는 소리가 들려왔다.

THE MASTER AND THE DISCIPLE

온몸이 나른해졌다. 나는 피곤에 지친 몸을 침대에 뉘였다. 곧 망각의 세계로 빠져들었지만 잠을 이겨내고 맑은 정신을 되찾아야 한다는 본능적 욕구에 깊은 잠을 이룰 수 없었다. 그런 상태로 몇 시간을 보냈을까?

그때 나는 영혼들이 떠도는 생명의 광대한 우주를 보았다. 인간이 발명한 시간으로는 측정할 수 없는 그런 세계였다. 그 세계에서 나는 한없이 왜소한 존재였다. 그때의 참담한 느낌이 지금까지도 잊혀지지 않는다.

돌연 나는 혼백 하나가 내 위에 떠 있는 것을 깨달았다. 흐릿한 구름 같은 혼백은 내게 무엇이라 소리쳤지만 아무런 소리도 들을 수 없었다.

THE VOICE OF THE MASTER

　나는 침대에서 일어나 복도를 향해 걸었다. 어떤 신령한 힘에 이끌린 듯 발걸음을 서둘렀다. 나는 꿈속을 걷듯이 아무런 의지 없이 걸었다. 마치 시간과 공간을 초월한 세계를 여행하는 기분이었다.

　복도 끝에 이르렀을 때 나는 문을 활짝 열었다. 커다란 방이 내 눈앞에 펼쳐졌다. 방 한가운데 깜빡거리는 촛불들과 하얀 꽃으로 만든 꽃다발로 둘러싸인 관이 놓여 있었다. 나는 관 옆에 무릎을 꿇고 앉아 고인을 지켜보았다.

　죽음의 장막에 가려진 그 얼굴은 내 사랑하는 여인, 내 오랜 벗의 얼굴이었다. 내가 한없이 흠모하던 여인이 죽음을 맞아 싸늘한 시체가 되어 하얀 수의를 입고 하얀 꽃들에 둘러싸인 채 깊은 침묵에 빠져 있었다.

THE MASTER AND THE DISCIPLE

　사랑의 주님, 삶과 죽음을 주관하시는 주님, 당신은 우리 영혼의 창조자이십니다.

　당신은 우리를 빛과 어둠으로 인도하시는 분입니다. 당신은 우리 가슴을 지배하시며 우리에게 희망과 고통을 깨닫게 하시는 분입니다.

　그런데 제 영원한 벗을 이런 모습으로, 생명을 잃은 채 싸늘한 시체로 변한 모습으로 제게 보여주시는 이유가 무엇입니까?

　신이여, 당신은 저를 고향에서 끌어내어 다른 땅으로 인도하셨습니다.

　그리고 삶을 이기는 죽음의 힘을, 기쁨을 짓누르는 슬픔의 힘을 제게 보여주셨습니다.

　당신은 사막처럼 황량한 제 가슴에 흰 백합을 심어주셨습니다.

그런데 어찌하여 이 외딴 땅까지 저를 데려와 시들어버린 백합을 보여주시는 것입니까?

고향을 떠난 나의 외로움을 달래주던
친구들이여, 신은 내게 삶의 쓰라린 잔을
마시게 했던 것이라네.
그분의 뜻은 뜻하는 대로 되었다네.
그렇다네, 무한한 우주에서 우리는
한없이 작고 허약한 원자에 다름 아니라네.
우리는 신의 뜻에 순종하고 따를 수밖에
다른 도리가 없는 것일세.
우리가 사랑하지만 그 사랑은
우리에게서 시작된 것도 아니고 우리를 위한 것도 아닐세.

THE MASTER AND THE DISCIPLE

　우리가 기뻐하지만 그 기쁨은

　우리 안에 있는 것이 아니라 삶 자체에 있는 것일세.

　우리가 고통받지만 그 고통은

　우리 상처에 있는 것이 아니라 신의 가슴에 있는 것이라네.

　그래, 나는 아무런 불평도 하지 않으려네.

　불평하는 사람은

　삶을 의심하는 사람일 테니까.

"

나는 굳게 믿네.

내가 마시는 삶의 잔에 뒤섞인 고통에도
가치가 있는 것이라 믿네.

내 심장을 파고드는 슬픔에도
아름다운 것이 있으리라 믿네.

내 영혼을 고통스레 짓누르는 강철 발톱에도
궁극적 자비가 있을 것이라 믿네.

"

THE VOICE OF THE MASTER

제자여, 이것으로 내 이야기는 끝난다.

하지만 진실로 끝이 없는 이야기를 내가 어찌 끝낼 수 있겠느냐?

그래, 나는 그 관 앞에서 떠날 수 없었다. 죽음과도 같은 침묵 속에 나는 천사의 얼굴을 바라보며 새벽을 맞았다.

그때서야 나는 관 앞에서 일어나 내 방으로 돌아갔다. 영겁의 무게에 허리를 펼 수 없었지만 고통받는 인간의 아픔이 나를 지탱해주었다.

그로부터 3주 후 나는 베네치아를 떠나 레바논으로 돌아왔다. 깊은 침묵이 끝없이 지배하는 과거에서 영겁의 세월을 보내고 돌아온 기분이었다. 그러나 그 환상은 내 뇌리를 떠나지 않았다.

THE MASTER AND THE DISCIPLE

그녀가 죽음의 관에 누워있는 것을 두 눈으로 똑똑히 보았지만 그녀는 내 안에서 여전히 살아 있는 존재였다.

언제나 그녀가 지켜보고 있다는 생각에 나는 혼신의 정열을 쏟으며 진리를 깨우쳐 갔다.

제자여, 내가 그동안 무엇을 했는지 너는 잘 알고 있을 것이다.

내가 얻은 지식과 지혜를 내 백성과 지배자들에게 전해주려 혼신의 힘을 다했다.

정부 관리와 성직자의 부당한 학대에 고통받고 신음하며 억압받는 사람들의 절규를 레바논의 총독인 알-하리스에게 알렸다.

그에게 조상들이 닦아놓은 길에서 벗어나지 않도록, 조상들이 그랬듯이 관용과 자비와 이해로 백성을 다스리도록 충고와 조언을 아끼지 않았다.

나는 그에게 '백성이 우리 왕국의 영광이며, 풍요의 원천'이라고 가르쳤다.

또한 '지배자가 이 땅에서 씻어내야 할 네 가지가 있으니, 그것은 복수와 탐욕, 거짓과 폭력'이라고 가르쳤다.

이 때문에 나는 심한 형벌을 받고 고향을 떠나야 했으며 교회에서 파문까지 당해야 했다.

그러나 어느 날 밤 알-하리스는 깊은 고뇌에 시달리며 잠을 이룰 수 없었다.

THE MASTER AND THE DISCIPLE

그는 창가에 우두커니 서서 밤하늘을 바라보았다. 별빛이 어우러진 밤하늘은 경이로움 자체였다.

얼마나 많은 천체들이 무한의 공간 속에서 명멸되었던가!
누가 그 신비롭고 아름다운 세상을 창조했던가?
누가 그 많은 별들을 질서 정연하게 움직이게 하는가?
저 멀리 떨어진 행성들과 지구는 어떤 관계에 있는가?
그리고 나는 누구이고, 왜 여기에 있는가?

이런 의문들이 알-하리스의 머리에서 꼬리를 물고 이어졌다.

그때 그는 멀리 귀양을 보낸 나를 떠올리며, 내게 가한 형벌이 지나치게 가혹했던 것이라 생각하기에 이르렀다.

그는 즉시 내게 사람을 보내 내 용서를 구했다. 그는 나를 공직에 임명했다. 모든 백성이 지켜보는 앞에서 나를 그의 고문으로 공포하며 내 손에 황금 열쇠를 쥐어주었다.

그러나 고향에서 쫓겨나 유배생활을 하면서도 나는 낙담하거나 분노하지 않았다. 진리를 구하고 진리를 인류에게 전하려는 사람은 어떤 고통이라도 감수할 수 있어야 하는 법이다.

내 불행을 통해서 다른 사람의 불행을 더욱 깊이 이해할 수 있었다. 박해받고 고향에서 쫓겨났지만 내 내면의 빛은 조금도 시들지 않았다.

THE MASTER AND THE DISCIPLE

　이제 힘들구나….

　이렇게 이야기를 끝내고 스승은 천천히 몸을 일으켰다.

　그리고 각성자란 뜻의 이름을 가진 제자 알무타다의 곁을 떠나, 과거를 기억한 피로감에서 영혼과 육체의 휴식을 위해 안식처를 찾아갔다.

"

이 세상에는 두 종류의 사람이 있습니다.

하나는 어제에 집착하며 살아가는 사람이며,
다른 하나는 내일을 꿈꾸며 살아가는 사람입니다.

형제들이여, 여러분은 어떤 사람입니까?
내 눈을 똑바로 보십시오.

여러분이 빛의 세계로 들어가는 사람들인지,
아니면 어둠의 땅을 찾아가는 사람들인지 알고 싶습니다.
정직하게 여러분 자신을 돌이켜 보십시오.

여러분은 누구입니까?
여러분은 어떤 사람입니까?

"

2

스승의 죽음

PART ONE
2. THE DEATH OF THE MASTER

▲▲▲

보름 후 스승이 병환으로 쓰러졌다. 수많은 숭배자들이 그의 건강을 걱정하며 구름처럼 암자로 몰려들었다. 그들은 화원의 입구에서 기다렸다. 그때 신부와 수녀와 의사, 그리고 알무타다가 스승의 암자에서 조용히 걸어나왔다. 그리고 제자는 스승의 죽음을 알렸다. 숭배자들은 울음을 터뜨리며 오열하기 시작했다.

그러나 알무타다는 눈물을 삼키면서 입을 꼭 다물고 있었다. 한동안 깊은 생각에 잠겨있던 알무타다는 마침내 연못가의 바위에 올라섰다.

그리고 이렇게 말했다.

형제들이여, 내 백성들이여, 스승께서 승하하셨다는 소식을 들었을 것입니다. 레바논의 영원한 예언자께서 영면에 드셨습니다. 하지만 그분의 영혼은 슬픔과 비탄이라곤 없는 하늘나라에서 우리를 굽어보실 것입니다. 그분의 영혼은 육체의 고단함과 속세의 짐을 벗어 던지셨습니다.

스승께서는 영광의 옷을 입고 이 물질의 세계를 떠나셨습니다. 고통과 불행이 없는 다른 세계로 가셨습니다. 이제 그분은 우리 눈으로 그분의 모습을 볼 수 없고 우리 귀로 그분의 목소리를 들을 수 없는 곳에 계십니다. 그분을 몹시도 필요로 하는 영혼의 세계를 찾아가셨습니다.

THE MASTER AND THE DISCIPLE

　이제 그분은 새로운 우주에 대한 지식을 수확하실 것입니다. 그 역사와 아름다움을 언제나 동경하셨고, 그곳에 들려오는 말씀에 언제나 목말라 하셨기 때문입니다.

　스승께서 이 땅에 남긴 위대한 업적들을 어떻게 말로 표현할 수 있겠습니까?

　그분의 삶은 끝없는 사색의 삶이었습니다. 스승께서는 일하는 것에서 편안함을 찾으셨습니다. 그분은 일을 '눈에 보이는 사랑'이라 정의하시며 일을 사랑하셨습니다.

　그분의 영혼은 깨어있을 때에만 편안할 수 있었던 목마른 영혼이었습니다. 그분의 가슴은 자애로움과 열성으로 넘쳐흐르는 따뜻한 가슴이었습니다. 그분이 이 땅에서 살아간 삶은 그런 것이었습니다.

THE VOICE OF THE MASTER

그분은 영원의 세계에서 전해주는 지식의 샘이었습니다. 인간의 정신을 맑은 물로 적셔주며 새롭게 해주는 지혜의 시냇물이었습니다.

이제 그 시냇물이 영원한 생명이 숨쉬는 해안에 이르렀습니다. 그분을 위해 오열하지 마십시오. 그분이 우리 곁을 떠났다고 눈물을 떨구지 마십시오!

기억하십시오! 생명의 성전 앞에 섰지만 이마에 맺힌 땀방울로 이 땅에서 아무런 결실도 맺지 못한 사람들만이 이 땅을 떠날 때 여러분의 눈물과 슬픔에 고마워할 것입니다.

그러나 우리의 스승은 어떤 분이셨습니까? 인류의 행복을 위해 힘쓰며 온 삶을 던지신 분이 아닙니까? 맑은 샘물과도 같았던 그분의 지혜로 우리는 고통스런 갈증에서 벗어날 수 있었습니다.

THE MASTER AND THE DISCIPLE

여러분이 그분을 진정으로 공경한다면, 슬픈 만가와 눈물을 멈추십시오. 대신 찬송과 감사의 기도로 그분의 영혼을 축복해주십시오.

여러분이 진정으로 그분에게 감사하고 싶다면, 그분이 인류의 유산으로 남겨주신 '지혜의 책'에 담긴 가르침을 여러분의 삶에서 실천하십시오.

세상의 지혜를 쫓지 마십시오. 그분에게 지혜를 구하십시오.

그렇게 할 때 여러분은 그분을 영광스럽게 할 수 있을 것입니다.

그분을 위해 슬퍼하지 마십시오. 오히려 기뻐하십시오. 그분의 지혜에 흠뻑 취하십시오.

그렇게 할 때 여러분은 그분에게 빚진 것을 갚게 될 것입니다.

THE MASTER AND THE DISCIPLE

 알무타다의 설교가 끝나자 많은 군중이 집으로 발걸음을 돌리기 시작했다. 그들은 입술에 잔잔한 미소를 띠고 스승에게 충심으로 감사하는 찬송을 불렀다.

 알무타다는 이 세상에 혼자 남게 되었다. 그러나 조금도 외롭지 않았다. 스승의 목소리가 항상 그의 귓전을 맴돌며, 그에게 맡겨진 일을 계속하고 기꺼이 들으려는 사람들의 가슴과 머리에 예언자의 말씀을 전하라고 격려해주었기 때문이었다.

 그는 스승이 평생동안 깨달은 '지혜의 말씀'을 담아 유산으로 남겨준 두루마리를 읽고 명상하면서 홀로 화원에서 오랜 시간을 보냈다.

THE VOICE OF THE MASTER

　그렇게 명상하며 40일을 보낸 후, 알무타다는 스승의 암자를 떠났다. 그리고 옛 페니키아의 작은 부락과 촌락 그리고 도시를 찾아다니는 방랑을 시작했다.

　어느 날, 그가 베이루트의 시장을 지날 때 많은 사람들이 그를 뒤따라왔다. 그가 걸음을 멈추자 그들이 그를 둥그렇게 둘러쌌다. 그는 그들에게 스승의 목소리를 전해주었다.

　내 마음의 나무는 열매로 가득합니다.
　이리 오십시오, 굶주린 사람들이여,
　이리 와서 그 열매를 수확하십시오.
　흡족하도록 드십시오.

THE MASTER AND THE DISCIPLE

이리 오셔서 내 가슴이 주는 것을 받으십시오.
내 짐을 가볍게 해주십시오.

내 영혼은 황금과 은으로 가득합니다.
이리 오십시오,
감추어진 보물을 찾는 사람들이여,
이리 와서 당신의 지갑을 채우고
내 짐을 가볍게 해주십시오.

내 가슴은 오래 묵은 포도주로 넘쳐흐릅니다.
이리 오십시오, 목마른 사람들이여,
이리 와서 당신의 목을 축이시고
갈증을 씻어내십시오.

언젠가 나는 성전의 문 앞에 서 있는 한 부자를 보았습니다. 그는 두 손에 보석을 가득 담고 지나가는 사람들에게 소리치고 있었습니다.

"나를 불쌍히 여기고 이 보석을 가져가시오. 이 보석들 때문에 내 영혼이 병들고 내 가슴이 강팍해졌기 때문이오.

나를 불쌍히 여기고, 제발 이 보석을 가져가시오. 내가 다시 깨끗한 영혼을 되찾을 기회를 주시구려!"

그러나 아무도 그의 간청을 들어주지 않았습니다. 나는 그 부자를 보면서 혼자 이런 생각을 해보았습니다.

"그래, 저 부자는 가난뱅이가 되는 것이 더 나을지도 모른다. 베이루트 거리를 배회하면서 떨리는

THE MASTER AND THE DISCIPLE

손으로 동냥을 구걸하고, 저녁이면 빈손으로 집에 돌아가는 가난뱅이가 되는 것이 더 나을지도 모른다."

언젠가 다마스커스에서는 자애로운 부자를 보았습니다. 그는 황무지와 다름없는 아라비아 사막과 험준한 산기슭에 천막을 설치했습니다. 그리고 저녁이 되면 하인들을 보내어 순례자와 여행자들을 데려와 편안한 잠자리와 따뜻한 먹을 것을 주었습니다.

그러나 그처럼 험한 길을 다니는 여행자들이 거의 없었기 때문에 하인들은 거의 언제나 빈손으로 돌아왔습니다.

나는 언제나 혼자서 쓸쓸한 저녁을 보내야 했던 그 부자를 보면서 이런 생각을 해보았습니다.

"그래, 저 부자는 부랑자가 되는 것이 더 나을지도 몰라. 손에 지팡이를 짚고 팔에는 빈 양동이를 걸치고, 밤이면 도시 변두리의 쓰레기 더미 옆에서 친구들과 우정의 빵을 나눠먹는 부랑자가 되는 것이 더 나을지도 모른다."

레바논에서는 총독의 딸이 잠에서 깨어나는 것을 보았습니다. 그녀는 화려한 옷으로 갈아입고 머리에는 사향을 뿌리고 몸에는 향수를 뿌렸습니다.

그리고 그녀는 사랑하는 사람을 찾아서 아버지 궁전의 정원으로 내려갔습니다. 양탄자처럼 잘 다듬어진 잔디에 맺힌 이슬들이 그녀의 치맛단을 적셨습니다. 그러나 슬픈 일이었습니다. 아버지의 신하들 중에는 그녀를 사랑하는 사람이 하나도 없었던 것입니다.

THE MASTER AND THE DISCIPLE

    나는 총독 딸의 불행을 곰곰이 생각해보았습니다. 내 영혼은 내게 이런 가르침을 주었습니다.
    "그녀는 가난한 농부의 딸이 되는 편이 더 낫지 않았을까?
    아침에 아버지의 양떼를 풀밭에 데려가고 저녁이면 우리로 데려오는 양치기 소녀가 되어, 흙 냄새와 포도 냄새가 배인 옷을 입고 다니는 편이 더 낫지 않았을까?
    그랬더라면 밤마다 아버지의 오두막에서 몰래 빠져나와, 상큼한 물소리로 밤의 적막을 깨뜨리는 시냇가에서 그녀를 기다리는 사랑하는 남자를 찾아갈 수 있지 않았을까?"

THE VOICE OF THE MASTER

내 마음의 나무는 열매로 가득합니다.
이리 오십시오, 굶주린 사람들이여,

이리 와서 그 열매를 수확하십시오.
흡족하도록 드십시오.

내 영혼은 오래 묵은 포도주로 넘쳐흐릅니다.
이리 오십시오, 목마른 사람들이여,

이리 와서 당신의 목을 축이시고
갈증을 씻어내십시오.

THE MASTER AND THE DISCIPLE

　내가 나무라면 꽃도 피우지 않고 열매도 맺지 않는 나무일 것입니다.

　풍요의 고통이 빈곤의 쓰라림보다 더욱 가혹하기 때문입니다.

　관대한 부자의 아픔이 가난한 사람의 불행보다 더욱 혹독하기 때문입니다.

　사람들이 그 깊이를 알겠다고 돌을 던진다면 나는 차라리 마른 우물이 될 것입니다.

　목마른 입술이 찾아오지 않는 맑은 샘물이 되느니 말라붙은 우물이 더 나을 것이기 때문입니다.

　내가 갈대라면 사람들의 발에 밟혀 부러지는 갈대가 되겠습니다.

　누구도 건드리지 않아 소리를 내지 못하는 수금이 되는 것보다 나을 것이기 때문입니다.

THE MASTER AND THE DISCIPLE

내 고향의 형제와 자매들이여,

예언자의 목소리를 통해 여러분에게 전해주는 이 말씀을 귀담아 들으십시오.

여러분의 가슴에 이 말씀을 깊이 새기십시오.

이 말씀에 담긴 지혜의 씨앗을 여러분의 영혼에서 꽃피우십시오.

이 말씀은 신께서 여러분에게 주는 소중한 선물이기 때문입니다.

THE VOICE OF THE MASTER

알무타다의 명성은 땅 끝까지 퍼져 나아갔다.

스승의 대변자인 그의 가르침을 들으려 다른 나라에서도 많은 사람이 찾아와 경의를 표했다. 의사들, 법률가들, 시인들, 철학자들은 길에서나 교회에서나 모스크에서나 회당에서나, 사람들이 모이는 어떤 곳에서나 그를 만날 때마다 질문을 퍼부어 대며 그를 당혹스럽게 만들었다.

그러나 그의 아름다운 말은 입에서 입으로 전해지며 사람들의 마음을 풍요롭게 만들어주었다. 그는 사람들에게 삶에 대해서, 삶의 진실한 모습에 대해서 이렇게 가르쳐주었다.

THE MASTER AND THE DISCIPLE

사람은 바다의 수면에 떠 있는
거품에 비유할 수 있습니다.

바람이 불면 그 거품은 사라집니다.
전혀 존재하지도 않았던 것처럼 말입니다.
이처럼 우리의 삶도 죽음과 더불어 사라집니다.

삶의 진실한 모습은 삶 자체입니다.
우리 삶은 요람에서 시작되는 것이 아니고,
무덤에서 끝나는 것이 아닙니다.

지나간 시간은 무의미한 것입니다.
영원한 삶에 비한다면 찰나에 불과한 것입니다.

THE VOICE OF THE MASTER

　물질의 세계와 그 세계에 존재하는 모든 것은 그저 꿈에 불과합니다. 우리가 죽음의 공포라 일컫는 깨달음에 비교한다면 한낱 꿈일 뿐입니다. 영기는 우리 가슴에서 우러나는 웃음과 한숨을 그대로 품고 있으며, 기쁨에서 비롯되는 입맞춤의 메아리까지 그대로 간직합니다.

　천사들은 우리가 슬픔에 떨군 눈물 방울의 수까지 정확히 알고 있습니다. 천사들은 우리가 사랑으로 빚어낸 기쁨의 노래들을 무한의 세계에 떠도는 영혼들의 귀에 전해줍니다.

　앞으로 다가올 세상에서 우리는 심장이 고동치고 감정이 진동하는 것을 보고 느끼게 될 것입니다.

THE MASTER AND THE DISCIPLE

우리가 지금은 절망에 짓눌려 있기에 외면하고 있지만, 미래에는 우리 내면에 깃든 신성함의 의미를 깨닫게 될 것입니다.

우리가 죄를 완전히 씻어내지 못했기에, 지금은 유약한 사람의 변명이라 여기는 내면의 신성함이 미래에는 인류를 완벽하게 하나로 이어주는 소중한 끈이 될 것입니다.

우리가 지금껏 아무런 보상도 받지 못한 힘겨운 과업들은 미래에도 우리와 함께 하면서 당당한 모습으로 우리의 영광을 선언해 줄 것입니다. 우리가 지금 참고 견디어야 하는 고난은 그때 영광의 얼굴들에 씌워지는 월계관이 될 것입니다.

THE VOICE OF THE MASTER

　이렇게 스승의 목소리를 전한 후 제자는 군중에게서 물러나 피로에 지친 육신에 휴식을 줄 곳을 찾았다. 그때 제자는 당혹스런 눈빛으로 사랑하는 여인을 몰래 훔쳐보는 젊은이를 우연히 보게 되었다.

　알무타다는 그 젊은이를 바라보며 물었다.

　"인간이 신앙으로 섬기는 믿음이 많다는 생각에 혼란스러운 것이냐? 그 믿음들이 서로 모순되기 때문에 방황하는 것이냐? 이설異說의 자유로움이 순종의 굴레보다 덜 고된 것이라 생각하느냐? 반항의 해방감이 묵종의 고단함보다 덜 위험한 것이라 생각하느냐?"

THE MASTER AND THE DISCIPLE

그리고 알무타다는 젊은이에게 이렇게 가르쳐주었다.

"그렇다면 아름다움을 네 종교로 섬기거라.
아름다움을 네 신으로 섬기거라.
아름다움은 신께서 우리에게 보여주려
완벽하게 빚어낸 창조물이기 때문이다.
신성함을 희롱하는 사람들을 멀리 하거라.
그들은 탐욕과 오만으로 뭉친
위선자이기 때문이다.

아름다움에 깃든 신성함을 내 신앙으로 삼거라.
비로소 너는 삶을 진정으로 사랑하게 될 것이고
행복을 진실로 열망하게 될 것이기 때문이다.

아름다움 앞에서 속죄하며 네 죄를 참회하거라.
그때서야 아름다움이
네가 사랑하는 여인의 가슴에
네 가슴을 더욱 가까이 다가서게
해줄 것이기 때문이다.

사랑하는 여인이란 네게 어떤 존재이냐?
네 사랑의 크기와 깊이를
그대로 드러내주는 거울이며,
네게 생명을 준 창조주의 방식을
네 가슴에 가르쳐주는 선생이기도 하다."

THE MASTER AND THE DISCIPLE

알무타다는 다시 군중을 둘러보며 말했다.

"이 세상에는 두 종류의 사람이 있습니다.
하나는 어제에 집착하며 살아가는 사람이며,
다른 하나는 내일을 꿈꾸며
살아가는 사람입니다.

형제들이여, 여러분은 어떤 사람입니까?
내 눈을 똑바로 보십시오.

여러분이 빛의 세계로 들어가는 사람들인지,
아니면 어둠의 땅을 찾아가는 사람들인지
알고 싶습니다.

THE MASTER AND THE DISCIPLE

정직하게 여러분 자신을 돌이켜 보십시오.
여러분은 누구입니까?
여러분은 어떤 사람입니까?"

"내 조국을 이용해서라도 내 이익을 챙기겠어!"
라고 남몰래 생각하는 정치인은 아닙니까?
 그렇다면 당신은 다른 사람의 육신을 먹고 살아가는 하찮은 기생충에 불과합니다.

"나는 충실한 종복이 되어 내 조국을 위해 일하겠어!"라고 내면의 자아에게 다짐하는 헌신적 애국자입니까?
 그렇다면 당신은 여행자의 갈증을 풀어주는 사막의 오아시스와 같은 사람일 것입니다.

THE VOICE OF THE MASTER

   사람들이 살아가는 데 반드시 필요한 물건들을 매점해서 터무니없는 값에 되팔며 부당한 이익을 꾀하는 장사꾼은 아닙니까?

   그렇다면 당신은 결국 하느님에게 버림받을 배덕자입니다. 당신의 거처가 궁전일 수도 있고 감옥일 수도 있지만 이런 차이는 중요한 것이 아닙니다.

   농사를 짓는 사람과 옷감을 짜는 사람이 서로 물건을 교환하게 해주고, 사는 사람과 파는 사람을 연결시켜주며, 정당한 방법으로 당신과 다른 사람의 이익을 도모하는 정직한 사람입니까?

   그렇다면 당신은 정의로운 사람입니다. 이때 당신은 칭찬받을 수도 있고 비난받을 수도 있지만 이런 차이는 중요한 것이 아닙니다.

THE MASTER AND THE DISCIPLE

 순박한 사람들에게 당신 몸을 감쌀 진홍빛 예복을 짓게 하고 당신 머리에 얹을 황금관을 만들게 하는 종교 지도자는 아닙니까? 사탄처럼 사치를 일삼고 사탄처럼 증오심을 토하는 그런 종교 지도자는 아닙니까?

 그렇다면 당신은 이단자입니다. 낮에는 금식하고 밤을 새워 기도하더라도 당신은 이단자일 뿐입니다.

 세상을 오늘보다 더 낫게 만들어 줄 토대가 인간의 선함에 있다고 굳게 믿는 성실한 사람입니까? 건실한 영혼만이 우리를 성령으로 인도해줄 완전한 사다리라고 믿습니까?

 그렇다면 당신은 진리의 정원에 활짝 꽃피운 백

합과도 같은 사람입니다. 당신의 향내가 사람들 틈에서 지워지고 공기 중에 흩어 없어지더라도 그런 것은 중요하지 않습니다. 그 향내는 어딘가에 영원히 보전될 것이기 때문입니다.

원칙을 저버리고 노예 시장을 모른 체 하면서도 무고한 사람을 험담하고 부정한 돈을 챙기면서 남몰래 범죄를 저지르는 언론인은 아닙니까?

그렇다면 당신은 썩어 가는 고기로 욕심을 채우는 야비한 콘도르와 다름없는 사람입니다.

역사의 높은 연단에 올라서서 빛으로 찬란했던 과거를 사람들에게 가르치고, 당신이 가르친 대로 몸소 실천하는 선생입니까?

그렇다면 당신은 고통받는 인류를 위로해주며 상처받은 마음을 달래주는 향유입니다.

사람들을 업신여기고, 당신의 이익을 위해서 가없은 사람들을 착취하고 그들의 주머니를 약탈하는 지배자는 아닙니까?
그렇다면 당신은 한 나라의 탈곡장을 뒤덮은 가라지와도 같은 사람입니다.

사람들을 사랑하고 그들의 행복과 성공을 위해서 혼신의 열정을 쏟아붓는 충성스런 종복입니까?
그렇다면 당신은 이 땅의 곡물 창고에 내린 축복이 될 것입니다.

THE VOICE OF THE MASTER

당신이 저지른 악행은 정당한 것이라 생각하고, 아내의 악행은 율법에 어긋나는 것이라 생각하는 남편은 아닙니까?

그렇다면 당신은 동굴에서 살면서 벌거벗은 몸뚱이를 짐승 가죽으로 감추었던 멸종된 야만인과도 같은 사람입니다.

아내를 영원히 당신 편이라 생각하며 모든 생각과 즐거움을 함께 나누는 성실한 동반자입니까?

그렇다면 당신은 새벽 일찍 일어나 정의와 이성과 지혜가 지배하는 세상을 향해 앞장서서 걷는 사람입니다.

과거의 전통에 얽매여 낡은 이론과 가르침에서

THE MASTER AND THE DISCIPLE

벗어나지 못하면서도 군중을 멸시하는 오만한 글을 써대는 저술가는 아닙니까?

그렇다면 당신은 물이 고여 썩어가는 연못과도 같은 사람입니다.

내면의 세계를 철저히 분석해서 시대에 뒤떨어진 낡고 사악한 생각을 가차 없이 버리고, 선하고 유익한 것을 찾아 보전하는 냉철한 사색가입니까?

그렇다면 당신은 굶주린 사람에게는 하늘에서 내려온 만나(mamma: 이스라엘 민족이 모세의 인도로 이집트에서 탈출하여 가나안 땅으로 가던 도중, 광야에서 먹을 음식과 마실 물이 없어 방황하고 있을 때에 여호와가 하늘에서 날마다 내려주었다고 하는 기적의 음식)일 것이고, 목마른 사람에게는 맑고 시원한 물일 것입니다.

소리만 요란할 뿐 무의미한 단어를 나열하는 시인은 아닙니까?

그렇다면 당신은 거짓 눈물로 우리를 웃게 만들고, 거짓 웃음으로 우리를 울게 만드는 사기꾼에 불과합니다.

신께서 내려주신 비올(viol: 중세 시대에 즐겨 사용된 6현의 현악기로 바이올린의 전신)의 재능을 아낌없이 베풀며 천상의 음악으로 우리 영혼을 달래주고, 우리를 아름다운 삶으로 인도하는 연주가입니까?

그렇다면 당신은 우리에게 길을 밝혀주는 횃불이고, 우리 가슴을 따뜻하게 해주는 감미로운 열망이며, 우리 꿈에 신의 모습을 드러내주는 인도자입니다.

THE MASTER AND THE DISCIPLE

이렇게 사람은 두 종류로 나뉩니다.

첫 번째 유형은, 비뚤어진 디딤대에 몸을 지탱하고 서 있어 세상을 똑바로 볼 수 없는 구습에 얽매인 사람들입니다. 그들은 험한 산봉우리를 오르듯 헐떡거리며 삶의 길을 힘겹게 걷는 사람들입니다. 결국 그들은 절망의 나락을 향해 내려가고 있는 셈입니다.

두 번째 유형은, 발에 날개를 단 젊은이처럼 힘차게 움직이는 사람들입니다. 그들은 은방울처럼 청아한 목소리로 노래하면서, 마법의 힘에 이끌린 듯이 산봉우리를 향해 올라갑니다.

THE MASTER AND THE DISCIPLE

    형제들이여, 여러분은 어디에 속해 있습니까? 모두가 침묵에 잠든 밤, 여러분 혼자 있게 될 때 스스로에게 물어보십시오.

    어제의 노예입니까,
    아니면 내일의 자유인입니까?
    여러분은 어디에 속한 사람인지
    <u>스스로 판단해보십시오.</u>

그리고 알무타다는 거처로 돌아가 오랫동안 칩거에 들어갔다.

그동안 알무타다는 스승이 그에게 남겨준 두루마리에 쓰인 '지혜의 말씀'을 읽고 또 읽으면서 그 뜻을 이해하려 애썼다.

그는 많은 것을 깨달을 수 있었지만, 두루마리에는 스승에게 배우지 못했던 것, 스승의 입술에서 한 번도 듣지 못한 소중한 가르침도 많이 쓰여 있었다.

그래서 스승이 그에게 남겨준 모든 것을 철저히 연구해서 그 뜻을 완전히 깨달아 사람들에게 나눠줄 수 있을 때까지 암자를 떠나지 않기로 결심했다.

알무타다는 스승의 말씀에 온 정신을 집중했다. 그 자신은 물론이고 주변의 모든 것을 잊었다.

THE MASTER AND THE DISCIPLE

    베이루트의 시장과 길에서 그의 가르침에 귀를 세웠던 사람들까지 잊었다.
    많은 사람들이 그의 건강을 걱정하며 만나보려 했지만 헛일이었다.
    레바논 총독이 국가의 살림을 관리하는 공무원들을 위한 설교를 부탁하러 사람을 보냈을 때에도 알무타다는 총독의 청을 완곡히 거절하며 이렇게 말했다.
    "모든 사람에게 전해줄 특별한 메시지를 안고 조만간 세상으로 돌아가겠습니다."
    총독은 포고령을 내렸다.
    "알무타다가 세상에 돌아오는 날, 모든 시민이 집에서, 교회와 모스크와 회당에서 뛰어나와 그를 뜨겁게 맞아주어야 할 것이며, 그의 가르침이 곧

'예언자의 목소리'이기 때문에 모두가 그의 가르침을 경청해야 할 것이다."

마침내 알무타다가 암자에서 나와 새로운 가르침을 주었던 날은 모두에게 축제와도 같은 즐거운 날이었다.

알무타다는 흐르는 물처럼 거침없이 가르침을 주었다. 그는 사랑의 복음을 전했고 형제애를 가르쳤다.

조국에서의 추방과 성직에서의 파문을 거론하며 그에게 협박을 가할 사람은 아무도 없었다.

추방과 파문의 고통을 받았지만 결국 용서받고 다시 조국 땅에 돌아올 수 있었던 스승의 운명과는 너무도 달랐다.

THE MASTER AND THE DISCIPLE

　　알무타다의 가르침은 레바논의 방방곡곡까지 전해졌다.
　　훗날 그들은 알무타다의 가르침을 편지 형식의 책으로 만들어, 옛 페니키아를 비롯한 아랍 땅 전체로 확산시켰다. 편지의 일부는 스승이 직접 남기신 말씀이었지만, 일부는 고대부터 전해온 지혜와 교훈을 스승과 제자가 정리한 것이었다.

"

내 마음의 나무는 열매로 가득합니다.

이리 오십시오, 굶주린 사람들이여,

이리 와서 그 열매를 수확하십시오.

흡족하도록 드십시오.

이리 오셔서 내 가슴이 주는 것을 받으십시오.

내 짐을 가볍게 해주십시오.

내 영혼은 황금과 은으로 가득합니다.

이리 오십시오, 감추어진 보물을 찾는 사람들이여,

이리 와서 당신의 지갑을 채우고

내 짐을 가볍게 해주십시오.

내 가슴은 오래 묵은 포도주로 넘쳐흐릅니다.
이리 오십시오, 목마른 사람들이여,
이리 와서 당신의 목을 축이시고
갈증을 씻어내십시오.

이 말씀에 담긴 지혜의 씨앗을
여러분의 영혼에서 꽃피우십시오. **"**

PART TWO
THE WORDS OF THE MASTER

TWO

지혜의 말씀

OF LIFE

삶에 대하여

1

▲▲▲

삶은 바다에 외로이 떠 있는 섬과 같다. 그 섬에서는 바위가 희망이고, 나무가 꿈이다. 꽃은 외로움에 떨고, 개울은 목말라한다.

형제들이여, 너희 삶은 다른 섬들이나 다른 땅들에서 외따로 떨어진 섬이다. 다른 땅을 향해 너희 해안을 떠나는 배들이 아무리 많더라도, 너희 해안을 찾아오는 선단이 아무리 많더라도, 너희는 외로움과 싸우며 행복을 갈망하는 외로운 섬이다. 그러나 너희는 그 존재조차 알려져 있지 않기에 형제들의 연민과 이해를 구할 수 없구나.

THE VOICE OF THE MASTER

　형제여, 너는 황금 언덕에 앉아 네 보물을 기꺼워하고, 네가 한 줌의 황금을 모을 때마다 그 황금이 다른 사람들의 욕망과 생각에 너를 이어줄 보이지 않는 끈이 되리라 확신하며 네 재물에 즐거워하던 모습을 나는 보았다. 그래서 내 마음의 눈에 너는 적의 성채를 파괴하려 군대를 지휘하는 위대한 정복자처럼 보였다.

　그러나 다시 보았을 때, 너는 황금 궤짝 뒤에서 한숨 쉬는 고독한 영혼이었고 황금 우리에 갇혀 빈 접시에서 물을 찾는 목마른 새에 불과했다.

　형제여, 나는 네가 영광의 옥좌에 앉아 있는 모습을 보았다. 너를 둘러싼 사람들은 네 위엄에 환호하고 네 위대한 업적을 찬양하며 네 지혜를 격찬하

THE WORDS OF THE MASTER

더구나. 또한 너를 예언자의 현존인 양 우러러 보면서 그들의 기쁨을 하늘까지 전하더구나. 신민을 바라보는 네 얼굴에서 나는 행복과 권력과 승리의 기운을 보았다. 마치 네가 그들 육신의 영혼이라도 된 듯이 말이다.

그러나 다시 보았을 때, 너는 옥좌 옆에 홀로 선 외로운 사람이었다. 보이지 않는 망령에게 자비와 사랑을 갈구하듯이 사방으로 손을 뻗쳐대고, 인간의 따뜻한 온정이 있는 곳이라면 허름한 오두막이라도 애걸하는 외로운 유랑자였다.

형제여, 네가 아름다운 여인에 마음을 빼앗겨 그 여인의 제단에 네 심장까지 제물로 바치는 모습을 보았다. 그녀가 자애로운 모성애적 사랑으로 너를 지켜보는 것에, 나는 이렇게 기도했다. "이 사내의 외로움을 씻어내 주고 이 사내의 가슴을 저 여인의 가슴과 하나로 이어준 사랑을 지켜주소서!"

그러나 다시 보았을 때, 여인을 사랑하는 네 가슴에는 외로움이 감추어져 있었다. 그 여인에게 네 외로움을 호소해보았지만 헛일이었다.

사랑으로 가득한 네 영혼 뒤에 감추어진 외로운 영혼은 정처없이 하늘을 떠다니는 구름과도 같았다. 너는 사랑하는 여인의 눈망울을 적셔줄 눈물이 되고 싶었지만 모든 바람이 물거품이었다.

THE WORDS OF THE MASTER

형제여, 네 삶은 다른 사람들의 거처에서 외따로 떨어진 외로운 공간이다. 네 삶은 이웃의 눈길이 미치지 못하는 집이다.

따라서 네 삶이 어둠 속에 잠기더라도, 네 이웃의 등불이 네 삶을 밝게 비춰줄 수 없으리라. 식량이 떨어져 네 삶이 곤궁하더라도, 네 이웃의 창고가 네 삶을 채워줄 수 없으리라.

네 삶이 사막에 있더라도, 다른 사람들이 꽃을 심고 아름답게 가꾼 정원으로 네 삶을 옮길 수 없으리라. 네 삶이 산봉우리에 있더라도, 다른 사람들이 밟아 다져놓은 골짜기로 네 삶을 옮길 수 없으리라.

THE WORDS OF THE MASTER

형제여, 네 영혼의 삶은 외로움에 둘러싸여 있지만, 그 외로움과 고독함이 없다면 너는 네가 아니고 나는 내가 아니리라.

이런 외로움과 고독함이 없다면 나는 너의 목소리를 들으면서 네 목소리가 내 목소리라고 믿게 되리라. 너의 얼굴을 보면서 네 얼굴이 거울에 비친 나의 얼굴이라 생각하리라.

OF THE MARTYRS TO MAN'S LAW
인간이 만든 법의 순교에 대하여

2

▲▲▲

그대는 슬픔의 요람에서 태어나 불행에 신음하는 무릎과 억압받는 집에서 성장한 사람인가? 그대는 눈물에 젖은 마른 빵을 먹고 있는가? 그대는 피와 눈물이 뒤범벅된 탁한 물을 마시고 사는가?

그대는 인간이 만들어낸 가혹한 법 때문에 아내와 자식을 버리고, 지도자가 의무라고 미화시키는 탐욕을 채워주기 위해서 전쟁터로 떠나야 하는 군인인가?

THE VOICE OF THE MASTER

    그대는 조그만 생명의 기운에도 만족하고, 종이와 잉크만 있으면 행복해하며, 그대의 땅에서 이웃들에게 전혀 알려지지 않은 채 낯선 이방인처럼 살아가는 시인인가?

    그대는 사소한 범죄로 어둔 토굴에 갇혀 지내고, 우리를 개혁시킨다면서 우리를 타락의 수렁으로 몰아넣는 사람들에게 힐난 받는 죄수인가?

    그대는 신에게 아름다움을 선물 받았지만, 그대를 현혹시켜 그대의 마음이 아니라 몸뚱이를 사들인 부자의 비열한 색욕의 포로가 되어 결국에는 불행과 고통의 나락으로 떨어지는 여인인가?

그대가 이런 사람이라면 그대는 인간이 만든 법의 순교자이다.

불쌍한 형제여, 그 불행의 씨앗이 무엇인지 아는가? 그대의 불행은 강자의 불법행위와 폭압자의 부당한 요구, 그리고 부자의 야만적 욕구와 음탕하고 탐욕스런 인간의 이기심에서 비롯되는 것이다.

내가 사랑하는 형제들이여, 한없이 약한 형제들이여, 그래도 안심하거라. 물질의 세계를 넘어선 곳에 진정한 힘이 있는 것이다. 정의로움, 자애로움, 연민과 사랑이란 위대한 힘은 물질의 세계를 넘어선 곳에 있기 때문이다.

THE VOICE OF THE MASTER

그대는 음지에서 자라는 꽃이다.
그러나 부드러운 산들바람이 불어와
그대의 씨앗을 양지로 옮겨가리라.

햇살 가득한 양지에서
그대는 아름답게 다시 꽃피우리라.

그대는 겨울 눈에 굽어진 헐벗은 나무이다.
그러나 봄이 찾아와
그대에게 푸른 옷을 입혀주리라.

진리가 그대의 웃음을 감추는
눈물의 장막을 걷어내리라.

THE WORDS OF THE MASTER

상처받은 형제여,
그대를 내 품에 인도하리라.
그대를 진정으로 사랑하리라.
그대를 억압하는 사람들을 증오하리라.

THOUGHTS AND MEDITATIONS
생각과 명상에 대하여

3

━━━━━━━━━━━━━━━ ▲▲▲ ━━━━━━━━━━━━━━━

 우리는 살아야 하기에 이곳에서 저곳으로 떠돌아다닌다. 운명이 우리를 이곳에서 저곳으로 방황하게 만든다. 그 방황의 과정에서 우리는 두려운 목소리에 시달리고, 삶의 행로에서 장애물과 걸림돌로 여겨지는 것만을 보게 된다.

 아름다움은 영광의 옥좌에 앉아 우리에게 그 자태를 드러내지만, 우리는 음욕의 눈으로 아름다움에게 다가서서 그 순결의 왕관을 빼앗고 그 순백한 옷을 우리 악행으로 더럽힌다.

THE VOICE OF THE MASTER

　사랑은 온유한 손길을 내밀며 우리에게 찾아오지만, 우리는 두려움에 떨며 사랑을 멀리하고 어둠 속에 숨어버린다. 간혹 사랑을 원하지만 그것은 사랑이란 이름으로 악행을 저지르려는 것이다.

　지혜로운 사람조차도 사랑의 무게에 힘겨워하지만, 실제로 사랑은 레바논을 시원하게 해주는 산들바람만큼이나 가벼운 것이다.

　자유는 우리를 그 식탁에 초대해 향기로운 음식과 농익은 포도주를 함께 나누려 하지만, 자유가 마련해준 식탁에 앉은 순간부터 우리는 굶주린 사람처럼 게걸스레 먹고 마시며 욕망을 채우려 한다.

THE WORDS OF THE MASTER

자연은 자애로운 손길을 우리에게 내밀어주며 그 아름다움을 함께 즐기려 하지만, 우리는 자연의 침묵을 두려워하며 번잡한 도시로 몰려간다. 그리고 사나운 늑대에게서 달아나려는 양떼처럼 서로 밀치락달치락하며 도시에서 힘겹게 살아간다.

진리는 어린아이의 천진스런 웃음과 사랑하는 연인의 입맞춤으로 우리를 초대하지만, 우리는 문을 닫아걸고 진리의 초대를 외면하며 진리를 적으로 삼는다.

우리 가슴은 구원을 열망하고 우리 영혼은 해방을 간구하지만, 정작 우리는 그런 외침에 귀기울이지 않는다. 우리가 내면의 목소리를 듣지 못하고 이

THE VOICE OF THE MASTER

해하지 못하기 때문이다. 오히려 내면의 목소리를 듣고 전해주는 사람을 미치광이라 손가락질하면서 그의 절규를 무시해버린다.

이처럼 우리는 밤의 어둠 속에서 살아간다. 깨달음을 얻지 못한 채 미망에서 살아간다. 햇살이 비치는 아침이 찾아와 우리를 감싸주지만, 우리는 낮이나 밤이나 똑같이 두려워할 뿐이다.

신은 언제나 문을 활짝 열고 우리가 찾아오기를 기다리지만, 우리는 이 땅에 집착할 따름이다. 굶주림이 우리 심장을 갉아먹고 있건만 우리는 생명의 빵을 유린한다.

THE WORDS OF THE MASTER

생명 있는 삶!
우리에게 얼마나 소중한 것인가?
그러나 우리는 생명 있는 삶에서
너무나도 멀리 떨어져 살고 있다!

OF THE FIRST LOOK
첫 눈길에 대하여

4

━━━━━━━━━━━━━━━━━━━━ ▲▲▲ ━━━━━━━━━━━━━━━━━━━━

첫 눈길은 삶에서 미망과 각성을 구분지어주는
순간이다.

첫 눈길은 내면의 세계를 환히 밝혀주는
첫 불꽃이다.

첫 눈길은 마음을 수놓은 은줄을 탄주해주는
마법의 첫 음률이다.

첫 눈길은 시간의 역사를 영혼 앞에 드러내주고,

의식적 행위는 물론이고 무의식적 행위까지
확연히 밝혀주는 짧은 순간이다.

첫 눈길은 영원한 세계에 간직된
미래의 비밀을 열어준다.

첫 눈길은 사랑의 여신인 이쉬타르가
뿌린 씨앗이다.

첫 눈길은 사랑하는 연인의 눈동자가
사랑의 벌판에 뿌린 씨앗이다.

첫 눈길은 애정이 열매를 맺어줄 씨앗이며,
영혼이 그 열매를 수확할 씨앗이다.

THE WORDS OF THE MASTER

사랑하는 연인의 눈동자가 보내준 첫 눈길은 창조주가 "거기에 있으라!"라고 말씀하셨을 때 잔잔한 수면 위를 옮겨 다니며 하늘과 땅을 잉태시킨 영혼과도 같은 것이다.

OF THE FIRST KISS

첫 입맞춤에 대하여

5

― ▲▲▲ ―

첫 입맞춤은 여신이 생명의 감로甘露로 채워준 잔의 첫 모금이다.

첫 입맞춤은 영혼을 기만하고 마음을 서글프게 만드는 의혹과, 내면의 자아를 환희에 넘치게 해주는 확신을 구분지어주는 선이다.

첫 입맞춤은 삶의 노래를 시작하는 첫 행위이며, 이상적인 삶이란 연극의 첫 막이다.

THE VOICE OF THE MASTER

첫 입맞춤은 낯선 과거와 밝은 미래를 하나로 맺어주는 끈이며, 감정의 침묵과 감정의 노래를 이어주는 고리이다.

첫 입맞춤은 가슴을 옥좌로, 사랑을 왕으로, 정절을 왕관으로 선포하는 네 입술이 빚어내는 언어이다.

첫 입맞춤은 가녀린 손가락 같은 산들바람이 장밋빛 입술을 살며시 건드리며 내쉬는 안도의 긴 한숨이며 달콤한 신음이다.

첫 입맞춤은 사랑을 속삭이는 연인을 무게와 측량의 세계에서 건져내 꿈과 천계의 세계로 인도하는 마법의 전율이 시작되는 순간이다.

첫 입맞춤은 향기로운 두 꽃이 하나로 포개지는 합일이며, 세 번째 영혼의 창조를 위해 그들의 향내를 뒤섞는 첫 출발이다.

첫 눈길이 사랑의 여신 이쉬타르가 사람의 가슴에 뿌려준 씨앗이라면, 첫 입맞춤은 생명의 나무에서 뻗어 나온 가지 끝에 피어난 첫 꽃이리라.

OF MARRIAGE
결혼에 대하여

6

─────────────── ▲▲▲ ───────────────

결혼과 더불어 사랑은 삶의 산문을 찬송시로 바꾸기 시작한다. 밤에는 감미로운 선율의 찬송시가 빚어지고, 낮에는 그 찬송시가 흥겹게 불려지리라.

결혼과 더불어 사랑의 열망은 장막을 걷어내고 마음의 구석까지 환한 빛을 비춰준다. 이때 사랑은 창조주를 기꺼이 받아들이며 영혼의 행복 이외에는 어떤 행복도 능가할 수 없는 행복을 창조해내리라.

결혼은 세 번째 영혼을 이 땅에 탄생시키기 위한 두 영혼의 성스런 결합이다.

THE VOICE OF THE MASTER

　결혼은 헤어짐의 슬픔을 잊기 위해 두 영혼이 강렬한 사랑으로 맺어지는 행위이다.

　결혼은 두 영혼으로 나뉘어진 몸뚱이를 하나로 빚어내기 위한 고결한 결합이다.

　결혼은 눈길로 시작해서 영원으로 끝나는 삶의 사슬을 빛나게 해주는 황금 반지이다.

　결혼은 신성한 자연의 세계를 비옥하게 만들고 축복하기 위해서 티끌 하나 없이 맑은 하늘에서 내려주는 깨끗한 빗물이다.

THE WORDS OF THE MASTER

　사랑하는 연인의 눈동자가 보내준 첫 눈길이 사람의 가슴에 뿌려진 씨앗이라면, 사랑하는 연인의 입술에 포개진 첫 입맞춤이 생명의 나무에서 뻗어 나온 가지에 피어난 꽃이라면, 결혼 안에서 두 연인의 결합은 그 씨앗에서 피어난 첫 꽃망울이 맺어낸 첫 열매이리라.

OF THE DIVINITY OF MAN
인간의 신성에 대하여

7

──────────────── ▲▲▲ ────────────────

 봄이 왔다. 자연이 시내와 개울을 적시는 물줄기와 화사한 꽃들의 미소로 속삭이기 시작하자, 사람들의 영혼도 행복과 만족에 젖어들었다.

 그런데 자연이 갑자기 분노하면서 아름다운 도시를 황폐하게 만들었다. 그리고 사람들은 자연의 웃음과 자연의 자애로움과 자연의 부드러움을 잊었다. 사람들이 여러 세대에 걸쳐 땀흘려 건설한 도시를 자연의 무자비한 힘이 삽시간에 파괴해버렸다.

THE VOICE OF THE MASTER

　죽음의 공포가 날카로운 발톱을 번뜩이며 사람들과 짐승들을 핍박하고 희망의 싹을 꺾어놓았다. 커다란 화염이 사람들을 삼켰고, 사람이 만들어낸 물건들을 불태워버렸다.

　공포가 지배하는 밤의 암흑이 삶의 아름다움을 잿더미로 뒤덮었다. 분노한 자연의 힘이 사람들을 죽음에 몰아넣었고, 그들의 안식처와 창조물을 허물어뜨렸다.

　파괴의 물결이 노도처럼 휩쓸고 지나간 자리에는 재난과 폐허만이 남았다. 가여운 영혼은 멀리에서 그곳을 우두커니 바라보며 인간의 연약함과 창조주의 전능함을 생각하며 깊은 슬픔에 잠겼다.

　영혼은 대기권 밖의 원자들 틈에, 그리고 지층 깊숙이 몸을 감추고 있는 악마들에게서 사람들을 지

THE WORDS OF THE MASTER

켜줄 방법을 생각하기 시작했다. 어머니와 굶주린 아이들의 통곡을 들었기에 그들의 고통을 이해할 수 있었기 때문이었다.

영혼은 자연의 포악성과 인간의 유약함을 잘 알고 있었다. 그래서 이제서야 비로소 사람들은 그들의 안식처에서 편안히 잠들 수 있는 방법을 찾아냈지만, 오늘 그들은 집 잃은 유랑자가 되어버렸다.

사람은 한때 아름다웠던 도시를 멀리에서 지켜보며 한탄의 눈물을 흘리며 오열했다. 희망이 절망으로, 환희가 슬픔으로, 평화로운 삶이 참회로 바뀌었다.

슬픔과 고통과 절망의 강철 발톱에 사로잡힌 사람들의 애끓는 상심에 영혼도 괴로움을 떨쳐낼 수 없었다.

THE VOICE OF THE MASTER

　사람들에게 닥친 재난을 생각하며 괴로움을 떨쳐버릴 수 없었던 영혼은 하느님의 율법에 의문을 갖기 시작했다.
　세상의 모든 힘을 지배한다는 하느님의 율법이 아니던가? 그러나 영혼은 마침내 깨달음을 얻고 침묵의 귀에 이렇게 속삭였다.

　모든 창조에는 불변의 지혜가 숨겨져 있습니다. 분노와 파괴가 있지만 결국에는 더욱 아름다운 세계를 만들어가는 지혜입니다.

　불기둥과 벼락과 폭풍은 자연에서 비롯되는 것이지만, 증오와 시기와 악의는 인간의 마음에서 비롯되는 것입니다.

고통받는 사람들은 불평과 눈물로 하늘을 원망했지만, 기억은 역사의 시간표에 따라 일어난 경고와 재난과 비극을 내게 떠올려 주었습니다.

나는 기나긴 역사에서 사람들이 이 땅의 표면에 탑과 궁전을 세우고 도시를 건설하는 것을 보았습니다. 그리고 이 땅이 분노하면서, 사람들이 건설한 모든 것을 다시 삼켜버리는 것을 보았습니다.

나는 강한 사람들이 누구도 근접할 수 없는 철옹성을 건설하고, 뛰어난 예술가들이 성벽을 아름다운 그림으로 장식하는 것을 보았습니다.

그리고 이 땅이 입을 크게 벌리면서, 사람들이 능란한 손재주와 천재적 발상으로 빚어낸 모든 창조물을 삼켜버리는 것을 보았습니다.

이 땅은 아름다운 신부입니다. 사람들이 만들어 낸 보석으로 치장할 필요가 없는 아름다운 신부입니다. 푸르른 녹음이 펼쳐진 들판, 황금빛 모래가 반짝이는 해안, 산에 감추어진 귀석貴石, 이런 것만으로도 흡족해하는 아름다운 신부입니다.

그러나 나는 보았습니다. 분노와 파괴의 와중에도 거인처럼 우뚝 서서 땅의 분노와 자연의 횡포를 조롱하는 사람들을 보았습니다.

THE WORDS OF THE MASTER

사람들은 바빌론, 니네베, 파밀라, 폼페이의 폐허 위에 불기둥처럼 서 있었습니다. 그리고 사람들은 영원의 노래를 목청껏 불렀습니다.

"대지여, 그대의 것을 되찾아가라.
우리는 다시 시작하리라!"

OF REASON AND KNOWLEDGE
이성과 지식에 대하여

8

─────────────── ▲▲▲ ───────────────

이성이 그대에게 무엇인가를 말할 때 귀기울여 들어라. 그래야 그대가 구원받으리라. 이성의 목소리를 선의로 이용하라. 그래야 이성이 그대를 강하게 만들어주리라. 창조주가 우리에게 보내준 가장 훌륭한 인도자가 이성이며, 창조주가 우리에게 안겨준 가장 강력한 무기가 이성이기 때문이다.

이성이 그대의 내면 세계에 무엇인가를 속삭여줄 때 그대는 탐욕을 이겨낼 수 있으리라. 이성은 신중한 관리자이고 충성스런 안내자이며 지혜로운 조언자이기 때문이다.

이성은 어둠 속의 빛이지만 분노는 빛 속의 어둠이다. 현명하게 판단하라. 충동에 그대의 몸을 맡기지 말고 이성을 그대의 안내자로 삼아라.

그러나 이성이 그대의 안내자라 할지라도 지식의 뒷받침이 없다면 이성도 한낱 무용지물임을 명심하라. 지식과 이성은 피를 나눈 자매와도 같은 관계이기 때문이다.

지식이 없는 이성은 집 없는 고아와도 같은 것이며, 이성이 없는 지식은 아무도 지키지 않는 집과도 같은 것이다. 또한 이성이 함께 하지 않는다면 사랑과 정의와 선의도 아무런 가치를 가질 수 없으리라. 학식이 있어도 판단력이 없는 사람은 무기도 없이 전쟁터로 나가는 군인이며, 맑은 물주전자에 띄워진 알로에 낟알과도 같다.

따라서 이런 사람의 분노는 공동체 구성원에게 생명줄과도 다름없는 맑은 샘물을 독으로 오염시키는 행위와 다름없다.

이성과 지식의 관계는 육체와 영혼의 관계에 비유된다. 육체가 없는 영혼은 공허한 바람일 뿐이며, 영혼이 없는 육체는 알맹이가 없는 껍질일 뿐이다. 지식이 없는 이성은 경작되지 않는 땅이며 영양이 부족한 육체와도 같은 것이다.

이성은 시장에서 거래되는 물건이 아니다. 시장에서 거래되는 물건은 많을수록 그 값어치가 떨어지지만, 이성의 가치는 풍요로울수록 더욱 빛난다.

그러나 이성이 시장에서 거래되더라도 지혜로운 사람만이 이성의 진정한 가치를 알아볼 수 있을 것이다.

THE VOICE OF THE MASTER

우둔한 사람에게는 우둔한 것만이 보이며, 미치광이에게는 모든 것이 광기로 보일 따름이다.

언젠가 나는 어리석은 사람에게 우리 중에 우둔한 사람이 몇이나 되겠냐고 물었다. 그는 히죽이 웃으면서 이렇게 대답했다.

"너무 어려운 질문입니다. 그 많은 사람을 어떻게 헤아리겠습니까? 오히려 지혜로운 사람을 세는 것이 더 낫지 않을까요?"

그대의 진정한 가치를 깨달아라. 그래야 그대가 멸망치 않으리라. 이성은 당신에게 진리를 밝혀주는 빛이며 횃불이다. 이성은 생명의 근원이다.

신은 그대에게 지식을 주었다. 그러나 그 빛 때문에 신을 섬겨서는 안 될 것이다. 오히려 그 빛을 통해서 그대의 약점과 장점이 무엇인지 깨달아야 할 것이다. 그대의 결점을 올바로 깨닫지 못하면서 이웃의 결점을 어떻게 올바로 지적해줄 수 있겠느냐?

　매일 그대의 의식 세계를 들여다보고 그대의 결점을 고쳐 나아가라. 그대가 이 의무에 충실치 못한다면 그대의 내면 세계에 깃든 이성과 지식에도 충실치 못하리라.

　그대 자신이 그대에게 가장 강력한 적이라 생각하며 그대 자신을 끊임없이 경계하라. 감정을 조절하고 의식의 명령에 따르는 방법을 먼저 배우지 못한다면 어떻게 정의롭게 처신할 수 있겠는가?

THE VOICE OF THE MASTER

언젠가 나는 한 학자가 이렇게 가르치는 것을 들었다.

"어떤 질병에나 적절한 치유법이 있지만 어리석음을 치유할 방법은 없습니다. 완고한 바보를 꾸짖고 어리석은 사람을 가르치는 것은 물에 글을 쓰는 것이나 마찬가지입니다. 그리스도는 맹인과 절름발이를 치유했고 중풍환자와 문둥병환자까지 치유했지만, 어리석은 사람만은 치유할 수 없었습니다."

"하나의 문제라도 모든 각도에서 주도면밀하게 연구하십시오. 그래야 잘못된 곳이 어디에서 시작되었는지 찾아낼 수 있을 것입니다."

"당신 집의 정문이 넓은 것에 만족하지 마십시오. 뒷문도 지나치게 좁지 않도록 배려하십시오."

THE WORDS OF THE MASTER

"기회가 이미 지나간 후에 그 기회를 잡으려 애쓰는 사람은 기회가 오는 것을 보면서도 서둘러 만나러 가지 않는 사람이나 마찬가지입니다."

신은 결코 잘못 판단하는 법이 없다. 신이 우리에게 이성과 학식을 선물로 준 이유가 무엇이겠는가? 우리가 오류와 파괴의 나락에 떨어지는 것을 지켜주려는 배려이리라.

신께 이성을 선물로 받은 사람들이여,
그대들은 축복받은 사람이리라.

OF MUSIC
음악에 대하여

9

나는 가슴으로 사랑한 여인과 나란히 앉아 그녀의 속삭임에 귀를 기울였다. 그리고 내 영혼은 무한의 공간을 떠돌기 시작했다. 우주가 꿈결처럼 보이고 육신이 좁은 감옥처럼 여겨졌다.

내 사랑하는 여인의 감미로운 목소리가 내 가슴을 파고들었다. 그 목소리는 음악이었다. 내 사랑하는 여인이 내쉬는 한숨, 그녀가 웅얼대는 속삭임에서 그녀의 속내를 들었기 때문이다. 내 귀에 달린 눈으로 내 사랑하는 여인의 가슴을 보았기 때문이다.

형제들이여, 음악은 영혼의 언어이다. 음률은 사랑으로 현絃을 울려주는 감미로운 산들바람이다. 음악의 온화한 손길은 우리 감정의 문을 두드리며 과거의 깊은 심연에 오랫동안 감추어져 있던 기억을 일깨워준다.

애처로운 선율은 우리에게 슬픈 기억을 떠올려주지만, 은은한 선율은 우리 내면을 환희로 채워주지 않는가.

현이 빚어내는 마법의 음향은 사랑했던 사람의 죽음에 눈물짓게 만들기도 하지만, 신이 우리에게 선물한 평화에 미소짓게 만들기도 하지 않는가. 음악의 혼은 영혼에 속한 것이며, 음악의 넋은 가슴에 속한 것이다.

THE WORDS OF THE MASTER

하느님은 인간을 창조하실 때 음악이란 색다른 언어를 주셨다. 옛 사람들은 광야에서 음악으로 하느님을 찬송했으며, 음악으로 왕들의 심금을 울려 그들을 옥좌에서 내려오도록 만들었다.

우리 영혼은 운명의 바람에 흔들리는 연약한 꽃과도 같다. 아침의 미풍에도 파르르 떨고 하늘에서 떨어진 이슬의 무게에도 고개를 숙이는 것이 우리 영혼이다.

새들의 노래가 우리를 얕은 잠에서 깨워내며, 그들의 노래를 창조한 하느님의 지혜를 함께 찬송하자고 우리를 초대한다. 새들의 지저귐! 그것에서 우리는 옛 책에 담긴 비밀의 의미를 되새겨본다.

THE VOICE OF THE MASTER

　새들의 노래는 들판의 꽃을 부르는 음악일까, 아니면 나무에게 들려주는 속삭임일까, 아니면 살랑대며 흘러가는 시냇물에 화답하는 것일까?

　우리는 오성을 지닌 인간이건만 새들의 지저귐을 이해하지 못하고, 살랑대는 시냇물 소리의 의미를 알지 못하며, 느릿하고 부드럽게 밀려와 해변을 적셔주는 파도의 속삭임을 이해하지 못한다.

　우리는 오성을 지닌 인간이건만 나뭇잎에 떨어지고 창틀을 부드럽게 두드리는 빗소리가 무엇을 말하려 하는 것인지 알지 못한다. 산들바람이 들판의 꽃에게 무엇이라 말하는지도 알지 못한다.

그러나 우리는 가슴으로 느낄 수 있다. 우리 심금을 적셔주는 그 소리들의 의미를 가슴으로 짐작할 수 있다. 지혜의 신은 가끔 우리에게 신비로운 언어로 말씀하신다.

우리가 자연 앞에서 입을 다문 채 자연의 아름다움을 경이롭게 바라볼 때, 우리 영혼과 자연은 같은 언어로 대화를 나눌 수 있을 것이라고.

그러나 우리가 자연의 속삭임에 울어본 적이 있던가? 우리 눈물이 자연의 소리를 이해하고 감동했다는 뜻은 아닐까?

THE VOICE OF THE MASTER

신성한 음악이여,
그대는 사랑의 영혼이 빚어낸 딸이어라!
고통과 사랑이 어우러진 화병이어라.

인간의 가슴이 꿈꾸는 꿈이며
눈물의 열매이어라.
기쁨과 향기
그리고 감동이 있는 꽃이어라.
연인들의 혀이며
사랑의 비밀을 드러내는 계시이어라.
감추어진 사랑이 흘리는
눈물의 어머니이어라.
시인과 작곡가
그리고 건축가에게 영감을 주는 소리이어라.

THE WORDS OF THE MASTER

낱말의 조각들에 감추어진
사색의 결합이어라.
아름다움에서 사랑을 설계하고
꿈의 세계에서 우리 가슴에
환희를 안겨주는 포도주이어라.
전사들에게 용기를 북돋워주며
영혼을 강하게 단련시켜주는
자애로움의 대양이고 온유의 바다이어라.

아, 음악이여
그대의 내면에 우리 가슴과 영혼을 묻으리라.
그대가 우리에게 귀로 보고
가슴으로 들으리라고
가르쳐주지 않았던가.

OF WISDOM
지혜에 대하여

10

지혜로운 사람은 하느님을 사랑하고 공경한다. 사람의 가치는 겉모습과 신앙, 종족과 혈통에 있는 것이 아니다. 무엇을 알고 어떻게 행동하느냐에서 사람의 가치는 결정된다.

지식을 갖춘 양치기의 아들이 무지한 왕보다 백성에게는 더 필요한 사람이다. 지식이 그대를 진정으로 고귀하게 만들어주는 것이다. 그대의 아버지가 누구이고 그대가 어떤 종족에 속해 있느냐의 것은 중요하지 않다.

THE VOICE OF THE MASTER

지식은 폭군도 빼앗아갈 수 없는 유일한 재산이다. 죽음만이 그대의 내면을 밝혀주는 지식의 등불을 꺼뜨릴 수 있을 뿐이다. 한 나라를 지탱해주는 진정한 재화는 창고에 쌓인 황금이나 은이 아니라, 그 백성의 지식과 지혜 그리고 올바른 마음가짐이다.

영혼의 풍요로움은
우리 얼굴을 아름답게 해주며,
서로에 대한 인정과 존중을 싹트게 해준다.

모든 생명체에 깃든 영혼은 눈빛과 표정에서,
그리고 어떤 형태로든 몸짓에서
드러나기 마련이다.

THE WORDS OF THE MASTER

겉모습과 말솜씨와 행동이
우리 자신보다 소중한 것은 아니다.

영혼은 우리를 지켜주는 집이고,
우리 눈동자는 창문이며,
우리 언어는 영혼의 전달자이기 때문이다.

지식과 분별력은 결코 그대를 배신하지 않는 삶의 충실한 동반자이다. 지식은 그대의 면류관이고 분별력은 그대의 지팡이이기 때문이다. 지식과 분별력을 갖출 때 그대는 그 이상의 보물을 바랄 필요가 없을 것이다.

THE VOICE OF THE MASTER

그대를 올바로 평가해주는 사람이 피를 나눈 형제보다 그대에게 소중한 사람이리라. 피를 나눈 형제들이 그대의 뜻을 이해해주지 못하고 그대의 진정한 가치를 몰라준다면 그들에게 무엇을 기대할 수 있겠는가.

무지한 사람과 우정을 나눈다는 것은, 술에 취한 사람과 입씨름하는 것만큼이나 어리석은 짓이다. 신은 우리에게 분별력과 지식을 주었다.

신께서 선물로 주신 등불을 그냥 꺼뜨리지 마라. 지혜의 촛불이 탐욕과 오류의 어둠에서 빛을 잃도록 하지 마라. 지혜로운 사람은 횃불을 들고 우리에게 다가와, 인간으로서 걸어가야 할 길을 밝혀주리라.

THE WORDS OF THE MASTER

　기억하라! 수백만의 어리석은 사람보다 정의로운 한 사람이 더 큰 악을 무찌를 수 있다. 실천하는 작은 지식이 나태한 큰 지식보다 훨씬 커다란 가치를 갖는다.

　그대가 갖춘 지식이 사물의 올바른 가치를 그대에게 가르치지 못하고, 그대를 물질의 노예에서 해방시켜주지 못한다면 그대는 결코 진리의 옥좌에 다가설 수 없으리라.
　그대가 갖춘 지식이 인간의 허약함과 불행을 딛고 일어서도록 그대를 인도하지 못할뿐더러 주변 사람들을 올바른 길로 인도하지 못한다면, 그대는 무가치한 존재로 심판의 날까지 허둥대며 살아가야 하리라.

THE WORDS OF THE MASTER

　지혜로운 사람이 가르치는 지혜의 말씀을 배우고, 그 말씀을 그대의 삶에서 실천하라.

　지혜의 말씀과 더불어 살아라. 그 말씀을 무작정 암송하는 것에서 그치지 마라. 뜻도 모른 체 암송한다면 책을 잔뜩 짊어진 나귀와 무엇이 다르겠는가.

OF LOVE AND EQUALITY
사랑과 평등에 대하여

11

─────────────── ▲▲▲ ───────────────

가난한 친구여, 그대를 힘겹고 불행하게 만드는 가난이 정의와 삶에 대한 올바른 이해를 안겨주는 안내자란 사실을 깨닫게 된다면, 가난을 결코 한탄하지 않으리라. 오히려 그대의 운명을 흡족히 받아들이리라.

그렇다. 가난이 정의의 진정한 의미를 깨닫게 해준다. 부자는 재물을 모으는 데 정신이 팔려 정의의 올바른 의미를 탐구할 시간이 없을 것이기 때문이다.

그렇다. 가난이 삶의 의미를 올바로 깨닫게 해준다. 강한 사람은 권력과 영화를 좇는 데 정신이 팔려 진리의 길을 올바로 걷지 못할 것이기 때문이다.

가난한 친구여, 가난을 즐겨라. 그대가 정의를 말해 줄 입이 되고 삶을 기록한 책이 될 것이기 때문이다.

가난한 친구여, 가난을 기꺼이 맞아들여라. 그래야 그대를 지배하는 사람들에게 미덕의 기준을 보여줄 것이고, 그대를 다스리는 사람들에게 성결함의 푯대가 되어줄 수 있을 것이기 때문이다.

THE WORDS OF THE MASTER

슬픔에 젖은 친구여, 그대의 삶을 힘겹게 만드는 불운이 그대의 가슴을 밝혀주고, 그대의 영혼을 멸시의 수렁에서 건져내어 존경의 옥좌에 세워줄 진정한 권능이란 사실을 깨닫게 된다면, 그대의 슬픔을 결코 한탄하지 않으리라.

오히려 그대를 가르쳐서 지혜롭게 만들려는 유산이라 생각하리라.

삶이란 수많은 고리가 연결된 사슬과도 같은 것이다. 슬픔은 현재에의 순응과 미래의 약속된 희망을 이어주는 황금 고리이다.

또한 슬픔은 어리석음을 걷어내고 깨달음의 세계로 다가가는 새벽이다.

THE VOICE OF THE MASTER

가난한 친구여, 가난은 영혼을 고결하게 씻어주지만 재물은 영혼을 악에 물들게 만든다.

슬픔은 감정을 순화시켜주고 기쁨은 상처받은 가슴을 치유해준다.

슬픔과 가난이 사라진다면, 인간의 영혼은 이기심과 탐욕을 부추기는 덧없는 글로 채워진 하찮은 서책과 다름없으리라.

인간의 진정한 모습은 신격이다. 신격은 황금으로 살 수 있는 것이 아니다.

재물처럼 나날이 축적될 수 있는 것도 아니다.

부자는 자신의 신격을 내팽개치고 황금에 매달린 사람이다.

오늘날 너무도 많은 젊은이들이 신격을 저버리고 방종과 쾌락에 탐닉하니 안타까울 뿐이다.

THE WORDS OF THE MASTER

내 사랑하는 형제여, 그대가 들에서 일하고 집에 돌아와, 아내와 어린 자식들과 함께 하는 시간이 우리가 가정에서 되찾아야 할 소중한 보석이다.

그 시간이 미래 시대의 운명을 좌우할 행복의 표징이기 때문이다.

그러나 부자들이 황금을 쌓으며 보내는 시간은 무덤 속을 기어다니는 벌레의 삶이나 다름없다.

결국 두려움을 이겨내려는 안간힘이다.

슬픔에 젖은 친구여, 그대가 흘리는 눈물은 망각의 길을 재촉하는 사람의 웃음보다 순정하고, 진실을 비웃는 사람의 신소리보다 달콤하리라.

THE WORDS OF THE MASTER

    그대의 눈물은 증오에 병든 가슴을 정결하게 해줄 것이고, 우리에게 상심한 사람의 고통을 함께 나누도록 가르쳐줄 것이다.

    그대의 눈물은 예수 그리스도의 눈물이리라.

    그대는 부자들을 대신해서 뿌린, 강건함의 씨앗을 언젠가 때가 되면 거두게 되리라.

    뿌린 대로 거두리라!

    자연의 법칙이 어찌 어긋날 수 있겠느냐.

    그대가 견디어낸 슬픔은 하늘의 뜻에 따라 언젠가 기쁨으로 바뀌리라.

    그리고 미래의 세대는 슬픔과 가난에서 사랑과 평등의 교훈을 배우게 되리라.

FURTHER SAYINGS OF THE MASTER

스승의 메시지

12

♦♦♦

나는 처음부터 여기에 있었다. 그리고 세상이 끝나는 날까지 이곳에 있으리라. 내게는 끝이 없기 때문이다. 인간의 영혼은 하느님이 세상을 창조하실 때 그 몸에서 떼어낸 작은 불꽃에 불과하다.

형제들이여, 서로에게 조언과 충고를 청하라. 오류와 무의미한 후회에서 벗어날 길이 그것에 있기 때문이다. 많은 사람의 지혜가 폭력과 학대에서 그대를 지켜줄 방패가 되리라. 우리가 서로에게 조언을 구할 때 우리가 증오하는 적의 수도 더불어 줄어들지 않겠느냐.

THE VOICE OF THE MASTER

조언과 충고를 구하지 않는 사람은 어리석은 사람이다.

그 어리석음에 그는 진리의 길을 외면한 채 고집스레 악의 길로 향하면서 주변 사람까지 위험하게 만든다.

그대가 문제를 분명하게 파악하고 있다면 단호한 의지로 그 문제에 맞서라.

그것이 떳떳한 사람의 길이기 때문이다.

나이든 사람에게 조언을 구하라.

그들의 눈은 오랫동안 세월의 얼굴을 보았고, 그들의 귀는 오랫동안 삶의 목소리를 들었기 때문이다.

그들의 조언이 그대에게 합당치 않더라도 그들을 공경하라.

폭력이나 비행을 일삼는 사람, 염치와 명예를 저버린 사람에게 조언을 구하지 마라.

그런 사람에게 어찌 좋은 조언을 기대할 수 있겠느냐.

조언을 구하려 찾아온 범죄자와 공모하는 사람에게도 화가 있으리라!

범죄자와 결탁하는 것은 파렴치한 짓이며, 거짓된 것에 귀를 세우는 것은 배덕이기 때문이다.

폭넓은 지식과 냉철한 판단과 넉넉한 경륜이 없다면 내가 어찌 인간의 조언자를 자처할 수 있겠느냐?

천천히 서둘러라.

기회가 그대에게 손짓할 때 그 기회를 서둘러 맞아라. 그래야 커다란 실수를 피할 수 있으리라.

THE VOICE OF THE MASTER

형제여, 모닥불 가에 앉아 불길이 죽어가는 것을 지켜보기만 하는 사람을 닮지 마라.

죽은 재에 입김을 분들 불꽃이 되살아날 수 있겠느냐.

그러나 희망을 포기하지 마라.

이미 지나간 과거라고 절망하지 마라.

돌이킬 수 없을 것이란 체념과 회한은 인간이 이겨내야 할 가장 유약한 모습이다.

어제 내 손으로 활을 부러뜨리고 전통을 깨뜨렸다. 곧바로 그 행동을 후회했다.

그리고 오늘 나는 그 실수의 의미를 깨달았다.

내가 내 자신에게 얼마나 위험한 짓을 했던 가를 깨달았다.

THE WORDS OF THE MASTER

형제여, 그대가 누구이든 간에 나는 그대를 사랑한다.

그대가 교회에서 예배를 보거나, 사당에서 절을 하거나, 모스크에서 기도를 하거나 나는 그대를 사랑한다.

그대와 나는 하나의 믿음을 가진 형제이다.

종교는 갖가지 모습을 하고 있지만 똑같은 하느님의 자애로운 손의 손가락이기 때문이다.

그 하느님은 우리 모두에게 차별 없이 사랑의 손길을 내미시고, 우리 모두에게 깨끗한 영혼을 나눠 주시며, 우리 모두를 기꺼이 받아들이신다.

THE WORDS OF THE MASTER

　신은 그대에게 사랑과 자유가 있는 광활한 창공을 마음껏 치솟도록 영혼에 날개를 달아 주셨다.
　그런데 그대가 그대의 손으로 그 날개를 잘라내어, 그대의 영혼을 벌레처럼 땅에서나 기어다니도록 만들어버린다면 그 얼마나 애통한 일이겠는가?
　내 살아 있는 영혼은 밤을 가로지르는 준마이다. 밤하늘을 빨리 날수록 새벽이 그만큼 가까운 것이 아니겠는가?

THE LISTENER

귀를 가진 사람들에게

13

바람아, 우리 곁을 스쳐 지나가며 달콤한 노래를 살며시 속삭이는 바람아, 깊은 한숨을 내쉬며 오열하는 바람아, 우리는 네 소리를 들을 수 있지만 네 모습을 볼 수 없구나. 네 손길을 느낄 수는 있지만 네 모습을 만질 수는 없구나.

너는 우리 영혼을 삼키지만 결코 소멸시키는 법이 없는 사랑의 바다로구나.

THE VOICE OF THE MASTER

　　너는 언덕을 따라 올라가고 계곡을 따라 내려와서 들판과 초원으로 뻗어간다. 강인한 힘으로 언덕을 오르고 부드럽게 계곡을 내려와 들판과 초원을 조용히 지나간다.

　　너는 억압받는 사람을 따뜻하게 감싸주고 교만하고 강한 사람들에게는 엄격한 자비로운 왕이다.

　　가을이면 너는 계곡을 서글픈 한탄의 소리로 채우고, 나무는 네 통곡에 눈물짓듯 잎새를 떨군다.

　　겨울이면 너는 사슬을 끊고서 대자연과 더불어 몸부림을 시작한다.

THE WORDS OF THE MASTER

봄이 되면 너는 잠에서 깨어나지만 여전히 연약하고 허약할 바람일 뿐이다. 그러나 네 가냘픈 움직임에 들판도 깊은 잠에서 깨어나기 시작한다.

여름이면 너는 작열하는 태양의 창끝처럼 날카로운 열기에 죽은 듯이 침묵의 장막 뒤로 몸을 감춘다.

지난 가을에 너는 진정으로 눈물지었던 것이냐, 아니면 헐벗은 나무의 진홍빛에 웃음 지었던 것이냐?

지난 겨울에 너는 진정으로 분노했던 것이냐, 아니면 눈에 덮인 무덤을 맴돌며 밤새 춤을 추었던 것이냐?

THE VOICE OF THE MASTER

 지난 봄 너는 진정으로 기운을 잃었던 것이냐, 아니면 네가 사랑한 연인, 계절의 아름다움을 상실한 까닭에 가슴 아파했던 것이냐?

 지난 여름날 너는 진정으로 죽었던 것이냐, 아니면 열매의 한가운데에서, 포도밭의 눈에서, 탈곡장에 널린 밀의 귀에서 잠들어 있었던 것이냐?

 도시의 거리에서 너는 역병의 씨앗을 일으켜 가슴에 품는다. 언덕에서 너는 꽃의 향기로운 숨결을 실어 나른다. 따라서 위대한 영혼은 삶의 슬픔을 참고 견디면서 삶의 즐거움을 조용히 맞아들인다.

네가 장미의 귀에 비밀을 속삭일 때, 장미는 그 뜻을 알아차리고 처음에는 두려움에 전율하지만 곧 기쁨의 환희에 젖어든다. 하느님을 맞이하는 인간의 영혼도 그런 것이다.

이제 너는 한 자리에서 맴돈다. 이제 너는 끊임없이 움직이며 이곳저곳을 돌아다닌다. 인간의 정신도 그런 것이다. 행동할 때에는 살아 있는 사람이며 나태할 때에는 죽은 사람이 아니겠느냐!

너는 잔잔한 수면 위에 네 노래를 짓고 서둘러 지워버린다. 시를 짓는 시인도 그렇다.

THE VOICE OF THE MASTER

남쪽에서 불어오는 너는 사랑만큼이나 따뜻하지만, 북쪽에서 밀려오는 너는 죽음만큼이나 차갑구나.

동쪽에서 찾아오는 너는 영혼의 손길만큼이나 부드럽지만, 서쪽에서 닥쳐오는 너는 분노와 복수의 불길만큼이나 사납구나.

너는 역사처럼 변덕스런 것이냐, 아니면 나침반의 네 방위에서 중대한 소식을 가져오는 전령이더냐?

네 분노는 사막을 휩쓸면서 애꿎은 캐러밴을 짓밟고 유린하며 그들을 모래 산에 묻어버린다.

그런데 새벽이면 잎사귀와 잔가지를 가볍게 간질이고, 네 숨결에 취해 꽃들이 반갑게 인사하고, 풀들이 고개를 숙이는 계곡의 굽이를 따라 날아다니던 산들바람이 바로 너이더냐?

너는 바다 한가운데에서 일어나 거대한 머릿단으로 미친 듯이 바다를 뒤흔들며 애꿎은 선박과 선원을 삼켜버린다. 그런데 집 주변에서 흥겹게 노니는 어린 아이들의 머리카락을 쓰다듬어주던 산들바람이 바로 너이더냐?

너는 우리 가슴, 우리 한숨, 우리 숨결, 우리 미소를 어디로 옮겨가느냐?

THE VOICE OF THE MASTER

　너는 우리 영혼을 밝히는 횃불과 무슨 관계가 있느냐?

　너는 삶의 지평선 너머까지 그 횃불을 소중히 옮겨가느냐, 아니면 가엾은 제물처럼 그 빛을 죽이려 멀리 떨어진 어둔 동굴로 끌고 가느냐?

　조용한 밤에 우리 가슴은 네게 그 속내를 조심스레 드러내고, 새벽과 함께 찾아오는 네 부드러운 손길에 우리는 눈을 뜬다.

　우리가 가슴으로 느낀 것과 우리가 눈으로 본 것을 너는 기억하느냐?

THE WORDS OF THE MASTER

　네 날개의 틈새에서, 고뇌하는 사람들은 서글픈 노래를 끝없이 부르고 고아들은 낙담한 가슴의 조각들을 날려보내며 억압받는 사람들은 깊은 한숨을 날려보낸다.

　너를 외투처럼 몇 겹으로 두르고서, 이방인들은 뜨거운 열망을 외치고 버림받은 사람들은 그 짐을 덜어내며 타락한 여인들은 절망에서 일어선다.

　바람아, 너는 그 불쌍한 사람들에게 위안을 주고 안전하게 지켜주려는 것이냐? 아니면 대지의 여신처럼 이 세상에 잉태한 모든 것을 다시 묻어버리려는 것이냐?

THE WORDS OF THE MASTER

너에게는 그들의 절규와 슬픈 노래가 들리지 않느냐? 너에게는 그들의 한탄과 한숨이 들리지 않느냐? 오만한 권력자처럼 가난한 사람이 내민 손을 외면하고 그들의 통곡을 듣지 않으려는 것이냐?

아, 귀를 가진 사람들이여!
당신들에게는 무슨 소리가 들리느냐?

LOVE AND YOUTH

사랑과 젊음

14

▲▲▲

삶의 여명기를 맞은 한 젊은이가 외딴 집의 책상 앞에 앉아 있었다. 창밖으로 보이는 검은 하늘에는 반짝이는 별들이 흩뿌려져 있었다. 그는 손에 쥐고 있던 한 여인의 초상화를 물끄러미 바라보았다. 선과 색으로 보건대 대가의 솜씨임에 틀림없었다. 초상화의 선과 색은 그의 마음 속에 깊이 새겨지면서 그에게 비밀의 문을 열어주었다.

그리고 신의 비밀에 다가서게 해주었다. 그때 초상화 속의 여인이 젊은이에게 무엇이라 소리치는 듯했다. 그는 귀를 바짝 세우고 그 방을 떠도는 영혼의 목소리를 들어보려 했다. 그리고 그의 가슴은 사랑에 젖어들었다. 그렇게 몇 시간이 흘렀다. 아름다운 꿈에서 찰나처럼, 영원의 세계에서 1년처럼 시간이 흘렀다.

그리고 젊은이는 초상화를 눈앞에 내려놓고 펜을 잡았다. 가슴에서 용솟음치는 감정을 글로 써 내려가기 시작했다.

THE WORDS OF THE MASTER

　사랑하는 여인이여, 자연의 법칙을 초월하는 위대한 진리를 인간의 언어로 어찌 전달할 수 있겠습니까? 진리는 사랑하는 영혼에게 그 뜻을 침묵으로 전할 것이 아니겠습니까?

　그래서 밤의 침묵이 우리 두 마음을 이어주는 가장 소중한 끈이라 생각합니다. 밤의 침묵은 사랑의 전언을 가슴에 품고, 우리 가슴을 적셔주는 송가를 읊조리기 때문입니다. 하느님이 우리 영혼을 육신의 포로로 만들었다면 사랑은 나를 언어의 포로로 만들었습니다.

　사랑하는 여인이여, 사람들은 사랑이 인간의 가슴을 불태우며 이성을 잃게 만드는 불꽃이라 말합니다. 우리가 처음 만났을 때 나는 당신을 오래 전부터 알고 있었다는 사실을 깨달았습니다. 우리가 헤어져야 했을 때 나는 그 어떤 것도 우리를 영원히 떼어놓을 수 없다는 사실을 깨달았습니다.

내가 당신에게 보낸 첫 눈길은 진실로 첫 눈길이 아니었습니다. 우리가 가슴으로 만났던 시간은 내게 영원의 세계와 영혼의 영원함에 대한 확신을 더해주었습니다. 그때 대자연은 억압받는 사람을 위해 장막을 걷어내고 영원히 계속될 정의로운 세계를 보여주었습니다.

사랑하는 여인이여, 우리가 나란히 앉아 서로 얼굴을 마주보던 시냇가를 기억하십니까? 그때 당신의 눈빛에서 연민이 아니라 정의로운 마음에서 잉태된 사랑을 내가 읽었다는 사실을 아니십니까?

이제 나는 내 자신과 이 세상에 크게 외쳐보렵니다. 정의에서 비롯된 선물이 연민으로 주어진 선물보다 훨씬 소중하다는 진리를! 그리고 행운이 안겨준 사랑은 늪지에 고인 물과도 같다는 사실도 깨달았습니다.

사랑하는 여인이여, 내가 웅대하고 아름답게 빚어낼 수 있는 삶의 나래를 내 앞에서 활짝 펼치소서. 우리가 처음 만난 순간부터 시작되어 영원히 지속될 그런 삶을 말입니다.

THE VOICE OF THE MASTER

햇살이 들판의 향기로운 꽃들에게 생명을 주는 것처럼, 하느님이 내게 주신 힘은 당신의 품안에서야 진정한 힘으로 거듭나고 위대한 언어와 행동으로 승화될 수 있을 것이기 때문입니다.

그 때문에라도 당신을 향한 내 사랑은 영원히 계속될 것입니다.

젊은이는 책상에서 일어나 방안을 천천히 거닐었다.

그리고 창밖을 바라보았다.

지평선 너머로 달이 떠오르며 드넓은 하늘을 부드러운 달빛으로 채우고 있었다.

그는 다시 책상에 앉아 이렇게 썼다.

THE WORDS OF THE MASTER

"사랑하는 여인이여,
내가 그대를 당신이라 불렀던 것을 용서해주오.
그대는 또 하나의 나이며,
우리가 신의 성스런 손길로부터
이 땅에 태어난 이후로, 내게 부족했던 절반을
아름답게 채워준 사람이기 때문입니다.
사랑하는 여인이여, 나를 용서해주오!"

WISDOM AND I

지혜와 나

15

―――――――― ▸▸▸ ――――――――

세상이 잠들어 조용한 밤에, 지혜가 내 방을 찾아와 내 침대 옆에 섰다. 지혜는 자애로운 어머니처럼 나를 물끄러미 바라보았다. 그리고 내 눈가를 적신 눈물을 닦아주며 말했다.

"네 영혼이 울부짖는 소리를 들었다.
너를 위로해주려 내가 왔단다.
네 마음을 내게 열어주겠니?
그럼 네 가슴을 빛으로 가득 채워주고
네게 진리의 길을 보여주련다."

THE VOICE OF THE MASTER

나는 지혜의 충고에 따라 마음을 열었다.
그리고 이렇게 물었다.

지혜여, 나는 누구입니까?
공포에 짓눌린 이 땅에 내가 어떻게 오게 된 것입니까?
이 엄청난 희망들, 산더미처럼 쌓인 책들, 그리고 이 낯선 얼굴들은 무엇입니까?
비둘기 떼처럼 나타났다 사라지는 이 생각들은 무엇입니까?
우리가 뜨거운 열망으로 내뱉는 말들과, 우리가 환희에 젖어 써대는 글들은 무엇입니까?
내 영혼을 감싸고 내 가슴을 껴안는 슬픔과 기쁨이 어우러진 현상들은 무엇입니까?

THE WORDS OF THE MASTER

　나를 뚫어지게 응시하면서 내 영혼의 깊은 내면까지 파고들지만 내 슬픔을 읽어내지 못하는 이 눈동자들은 무엇입니까?

　내 젊은 시절이 지나간 것을 안타까워하면서 내 어린 시절을 찬미하는 이 목소리들은 무엇입니까?

　내 열망을 희롱하고 내 감정을 조롱하는 이 젊은 이들은 누구입니까?

　어제의 훌륭한 행동을 망각의 늪에 밀어 넣고 오늘은 하찮은 것에 만족하며, 내일이 더디 오는 것을 원망하는 이 젊은이들은 누구입니까?

　나를 두렵게 만드는 이 세상은 무엇입니까?

　이 세상은 대체 나를 어떤 미지의 세계로 밀어 넣는 것일까요?

THE VOICE OF THE MASTER

입을 크게 벌리고 우리를 삼키려 하면서 탐욕을 위한 지루한 궁전으로 변해가는 이 땅은 대체 무엇입니까?

행운의 감미로운 손길을 기대하고, 죽음이 얼굴을 때릴 때에도 삶의 입술이 달콤한 입맞춤을 해 줄 것이라 기대하는 이 사람들은 대체 누구입니까?

1년 동안 후회하더라도 기꺼이 순간의 쾌락을 택하는 사람들, 꿈이 애절하게 불러대지만 깊은 잠에 빠져 있는 사람들, 대체 이 사람들은 누구입니까?

어둠의 심해를 향해 망각의 파도를 헤쳐가는 이 사람들은 누구입니까?

지혜여, 대답해주소서.

대체 이들은 무엇입니까?

내 간절한 질문에 지혜가 입술을 열고 이렇게 대답해주었다.

인간아, 너는 신의 눈으로 세상을 보면서도 인간의 생각으로 내세의 비밀을 알려했구나.
무지한 탓이었으리라.
들판으로 나가서 꿀벌들이 향긋한 꽃을 어떻게 맴돌고, 독수리가 그 먹이를 어떻게 덮치는지 보거라.
네 이웃의 집을 찾아가, 어머니가 부엌일에 매달릴 때 어린아이가 난로 불빛에 홀리는 것을 지켜보아라.
꿀벌처럼 살거라.
독수리의 행동을 지켜보며 아름다운 날들을 소

THE VOICE OF THE MASTER

일하지 말거라.

불빛에 즐거워하는 어린아이처럼 살면서 어머니를 자유롭게 해주어라.

네 눈에 보이는 것은 과거에도 너의 것이었고 지금도 네 것이다.

네 주변에 산더미처럼 쌓인 책과 낯선 얼굴들, 그리고 아름다운 생각들은 너보다 앞서 이 땅을 다녀간 영혼들이 남긴 것이다.

네 입술로 뱉어내는 말은 너와 네 동료들을 이어주는 사슬의 고리이다.

슬픔과 기쁨이 어우러진 현상은 미래의 수확을 위해서 과거가 네 영혼의 밭에 뿌린 씨앗이다.

네 열망을 희롱하는 젊은이들은 빛이 들어가도록 네 가슴의 문을 열어 줄 사람들이다.

THE WORDS OF THE MASTER

커다란 입을 열고 사람과 사람이 빚어낸 창조물을 삼키려 하는 땅은, 우리 영혼을 속박에서 구해내어 우리 육신에 되돌려 줄 구원자이다.

너를 두렵게 만드는 세상은 네 가슴이다.

그렇다, 너의 가슴이 바로 이 세상이다.

네가 하찮고 무지하다고 생각하는 사람이 바로 신의 전령이다.

슬픔을 통해 삶의 즐거움을 배웠고, 무지를 통해 지식을 얻어낸 사람이다.

그리고 지혜는 불덩이처럼 뜨거운 내 이마에 손을 얹고 이렇게 말했다.

앞을 보고 걷거라.
늦장부리지 말거라.
앞을 향해 간다는 것은
완성을 향해 다가서는 것이다.

앞을 보고 걷거라.
삶의 길에 뿌려진 날카로운 가시와
돌 조각을 두려워하지 말거라.

THE TWO CITIES

두 도시

16

▲▲▲

삶이 나를 날개에 싣고 젊음의 산봉우리까지 올라갔다. 삶은 내게 고갯짓하며 뒤를 가리켰다. 나는 뒤를 돌아보았다. 각양각색의 짙은 연기가 유령처럼 느릿하게 피어오르는 낯선 도시가 있었다. 옅은 구름 떼들이 내 시선을 가린 까닭에 나는 그 도시의 모습을 온전히 볼 수 없었다.

잠시 후 나는 삶에게 물었다.
"삶이여, 제가 본 도시가 어떤 곳입니까?"

THE VOICE OF THE MASTER

삶이 대답했다.

"과거의 도시라네. 저 도시를 잘 보게나. 그리고 어떤 곳일까 생각해보게."

나는 과거의 도시로 눈길을 돌렸다.

내 눈앞에 놀라운 광경이 펼쳐졌다. 나는 많은 곳을 보았다.

거인처럼 우뚝 선 행동의 전당들이 무기력의 날개에 짓눌려 있었다.

절망에 빠져 절규하는 혼령들과 희망의 노래를 부르는 혼령들이 떠도는 말의 신전들이 있었다.

그리고 믿음으로 건설되었지만 불신으로 무너진 교회를 보았다.

거지들이 높이 치켜든 창처럼 뾰족탑을 우뚝 세운 생각의 광탑을 보았다.

THE WORDS OF THE MASTER

    계곡을 적시는 강처럼 끝없이 뻗은 욕망의 거리를 보았다.
    은닉의 파수꾼이 지키지만 폭로의 도적들이 약탈하는 비밀 창고를 보았다.
    용기가 건설하였지만 근심이 무너뜨린 견고한 탑을 보았다.
    무력함에 짓눌리고 소심함에 무너진 꿈의 사당을 보았다.
    유약한 사람들이 모여 사는 조그만 오두막을 보았다.
    외로움과 자기부정에 짓눌린 모스크를 보았다.
    지혜가 빛을 밝혀주지만 무지로 어둠에 휩싸인 학문의 전당을 보았다.

THE VOICE OF THE MASTER

 연인들이 술에 취하고 덧없음이 그들을 조롱하는 사랑의 선술집을 보았다.
 삶이 막을 올리지만 죽음이 비극으로 삶을 마무리짓는 극장을 보았다.

 과거의 도시는 그런 곳이었다. 실제로는 가깝게 있지만 아주 멀리 떨어진 것처럼 우리가 착각하는 도시였다. 어두운 구름을 뚫고서 분명히 볼 수 있는 도시였다.

 그때 삶이 내게 고갯짓하며 말했다.
 "날 따라오게. 여기에서 너무 지체한 것 같구먼."
 내가 물었다.

"삶이여, 이번에는 어디로 가시려는 겁니까?"

"이번에는 미래의 도시를 보여줄 생각이네."

내가 대답했다.

"삶이여, 용서해주소서. 저는 지쳤습니다. 발바닥이 찢어지고 일어설 기운조차 없습니다."

그러나 삶은 내 청을 받아주지 않았다.

"계속 걷게. 그렇게 겁이 나는가? 언제까지 과거의 도시나 지켜보면서 지낼 생각인가? 어리석은 생각을 당장에 걷어버리게. 저길 보게. 미래의 도시가 자네에게 손짓하고 있지 않은가."

NATURE AND MAN

자연과 사람

17

─────────── ▲▲▲ ───────────

사람들이 따뜻한 이불 속에서 평화로이 잠들어 있던 새벽녘, 나는 들판에 앉아 자연과 대화를 나누고 있었다. 나는 푸른 풀밭에 몸을 눕히며, 이런 의문을 생각해보았다.

'참된 것은 아름다운 것인가?'
'아름다운 것은 참된 것인가?'

나는 이런 생각에 깊이 잠기면서 사람의 세계에서 벗어나, 내 내면의 자아를 뒤덮고 있던 물질의 장막을 걷어내고 상상의 나래를 끝없이 펼쳐보았다.

THE VOICE OF THE MASTER

내 영혼은 활짝 웃음꽃을 피면서 나를 자연의 본질과 자연의 비밀에 가까이 인도해주었다. 나는 자연의 경이로운 언어에 귀를 활짝 열었다.

깊은 생각에 잠겨 있었지만 나는 산들바람의 숨결을 느낄 수 있었다. 나뭇가지 사이로 살며시 지나가는 산들바람의 감미로운 손길을 느낄 수 있었고, 길을 잃은 고아의 한숨처럼 애처로운 한숨을 들을 수 있었다.

나는 산들바람에게 물었다.

"산들바람아, 왜 그리 한숨을 쉬느냐?"

산들바람이 대답했다.

"태양의 열기에 뜨겁게 달구어진 도시에서 왔기 때문입니다. 역병의 씨앗과 도시의 오염이 내 깨끗한 옷에 달라붙어 떨어지지 않습니다. 그까짓 이유로 이처럼 슬퍼하느냐고 나무라지는 않겠지요?"

나는 눈물로 얼룩진 꽃들의 얼굴을 보았다. 그리고 그들이 소리 죽여 흐느끼는 소리를 들었다.

나는 꽃들에게 물었다.

"내 사랑하는 꽃들아, 왜 그리 흐느껴 우느냐?"

꽃망울 하나가 고개를 살며시 들면서 내게 작은 목소리로 대답했다.

"조만간 사람들이 이곳을 찾아와 우리 목을 꺾어 도시의 시장에 내다 팔 테니까요."

다른 꽃봉오리가 덧붙여 대답했다.

"게다가 저녁이 되어 우리가 시들면 사람들은 우리를 쓰레기장에 가차 없이 버리고 맙니다. 사람들의 잔혹한 손이 우리를 정든 고향에서 완전히 떼어 놓는데 어찌 울지 않을 수 있겠습니까?"

THE VOICE OF THE MASTER

　나는 어린 자식의 죽음을 안타까워하는 홀어미처럼 서글피 울어대는 시냇물 소리를 들었다.
　그래서 시냇물에게 물었다.
　"시냇물아, 왜 그리 슬피 우느냐?"
　시냇물이 대답했다.
　"어쩔 수 없이 도시를 찾아가야 하는 내 신세가 서럽기 때문입니다. 도시 사람들은 나보다 독한 술을 즐기고 온갖 오물로 나를 쓰레기더미로 만들면서 내 맑은 물을 더럽힙니다. 그 때문에 내 몸에서 악취가 진동하는 것이건만 사람들은 내게 욕설을 퍼부어 댑니다."

　그리고 나는 구슬피 울어대는 새들을 만났다.
　"아름다운 새들아, 왜 그리 슬피 우느냐?"

가까이 있던 새가 내 곁으로 날아와 나뭇가지 끝에 걸터앉아 대답했다.

"조만간 아담의 자식들이 치명적인 무기를 들고 이 들판까지 달려와, 불구대천의 원수인 양 우리와 전쟁을 벌일 것입니다. 그때 우리는 본의 아니게 서로 헤어져야 합니다. 누구도 인간의 분노를 피할 수 없을 테니까요. 우리는 어디로 피신하든 죽음의 그림자를 벗어날 수 없답니다."

그때 태양이 산꼭대기 뒤에서 떠오르며 우듬지에 붉은 화관을 씌워주었다. 나는 그 아름다운 모습을 물끄러미 바라보며 이런 생각을 해보았다.

"자연이 빚어내는 이 아름다운 모습을 인간은 왜 파괴하는 것일까?"

THE ENCHANTRESS
내가 사랑한 여인

18

––––––––––––––––– ▴▴▴ –––––––––––––––––

내가 진정으로 사랑했던 여인이, 어제 여기 쓸쓸한 방까지 찾아와 그 아름다운 몸을 이 벨벳 소파에 묻었다. 그리고 그녀는 이 크리스털 술잔에 묵은 포도주를 따라 마셨다. 어젯밤의 꿈이었다. 그러나 내가 가슴으로 사랑한 여인은 이미 먼 곳으로 떠난 사람이었다. 망각과 공허가 지배하는 땅으로!

그녀가 남긴 손자국이 아직 내 거울에 남아있고, 그녀의 숨결이 남긴 향내가 아직 내 옷깃에 남아있다. 그녀의 감미로운 목소리가 남긴 메아리가 아직도 이 방에서 들리는 듯하다.

그러나 내가 진정으로 사랑한 여인은 이미 먼 곳으로 떠난 사람이었다. 유랑과 망각의 계곡이라 불리는 땅으로!

내 침대 옆에는 그 여인의 초상화가 걸려있다. 그녀가 내게 보낸 사랑의 편지들을 나는 아직도 은갑 속에 소중히 보관하고 있다. 나는 그 편지를 영원토록 간직하련다. 무언의 침묵만이 지배하는 세계로 그 편지들을 바람이 날려 보낼 때까지!

내가 가슴으로 사랑했던 여인은 당신이 마음까지 주었던 여인에 비교될 수 있다. 그녀는 신이 빚어낸 듯이 아름다운 여인이었다. 비둘기처럼 유순했고, 뱀처럼 영리했으며, 공작처럼 당당하고 우아한 여인이었다. 사납게 변할 때에는 늑대와도 같았고, 한 점의 빛도 없는 밤처럼 두려웠지만 하얀 백조처럼 사랑스런 여인이었다. 그녀는 이제 한 줌의 흙과 한 잔의 바다 거품으로 변해버렸다.

어린 시절부터 나는 그녀를 알았다. 그녀를 따라 들판을 찾았고, 그녀가 도시의 거리를 걸을 때에는 그녀의 옷자락을 붙잡고 떨어지지 않았다. 풋풋한 청년 시절부터 나는 그녀를 알았다.

내가 읽던 책에서 그녀 얼굴에 드리운 그림자를 보았다. 시냇물이 흘러가는 소리에서 그녀의 해맑은 목소리를 들었다. 내 가슴에 맺힌 원망과 내 영혼의 비밀을 그녀에게 숨김없이 털어놓았다.

내가 진정으로 사랑한 여인은 이미 먼 곳, 황량하고 외로운 곳으로 떠난 사람이었다. 공허와 망각의 땅이라 일컬어지는 곳으로!

내 가슴이 사랑한 여인의 이름은 삶이다.
그녀는 아름다운 까닭에
모든 생명체를 유혹해서 끌어당긴다.
그녀는 우리 삶을 볼모로 잡고
우리 열망을 약속에 묻는다.

삶은 사랑하는 연인들의 눈물로 몸을 씻어내고,
그 희생자의 피로 몸을 적시는 여인이다.
삶은 하얀 빛의 낮과
어둔 밤이 안팎을 이룬 옷을 입는다.

THE WORDS OF THE MASTER

삶은 우리 가슴을 사랑으로 이어주지만
결혼 이후의 삶은 다른 얼굴로 변한다.
삶은 우리를 그 아름다운 자태로
유혹하는 마법의 여인.
그러나 삶의 속임수를 아는 사람은
그 마법에서 달아나리라.

YOUTH AND HOPE
젊음과 희망

19

▲▲▲

젊음이 내 앞을 걷고 있었다. 나는 그 뒤를 따랐다. 그렇게 우리는 한적한 벌판까지 걸었다. 한적한 벌판에 이르자, 젊음은 걸음을 멈추고 지평선 끝자락에서 하얀 어린 양떼처럼 정처 없이 떠다니는 구름을 물끄러미 바라보았다.

그리고 헐벗은 가지가 잎새를 돌려 달라 신에게 기도하는 것처럼, 하늘을 향해 뻗고 있는 나무에게로 시선을 돌렸다.

THE VOICE OF THE MASTER

내가 물었다. "젊음이여, 지금 우리가 있는 곳이 어디입니까?"

젊음이 대답했다. "우리는 지금 당혹의 들판에 있습니다. 조심하십시오."

내가 말했다. "그럼 당장 돌아갑시다. 이 황량한 땅이 내게는 두렵기만 합니다. 저 구름들과 헐벗은 나무들이 내 가슴을 아프게 만듭니다."

그러자 젊음이 이렇게 말해주었다. "인내로 이겨내십시오. 당혹은 깨달음의 시작입니다."

나는 주변을 둘러보았다. 우리를 향해 우아한 자

태로 다가오는 형상 하나가 있었다. 나는 젊음에게 물었다. "저 여인은 누구입니까?"

젊음이 대답했다. "제우스의 딸이며 비극의 여신인 멜포메네입니다."

나는 깜짝 놀라 젊음에게 다시 물었다. "아, 젊음이여! 당신이 지금 내 곁에 있는데 비극의 여신이 내게 무엇을 원하는 것일까요?"

젊음이 대답했다. "멜포메네는 당신에게 이 땅과 이 땅의 슬픔을 보여주려 온 것입니다. 슬픔에 눈길을 주지 않는 사람은 기쁨마저 볼 수 없을 것이기 때문입니다."

그리고 멜포메네는 내 눈을 그 아리따운 손으로 가렸다. 그녀가 손을 거두자, 젊음은 이미 내 곁을 떠난 뒤였다. 나는 혼자였다. 지상의 옷까지 벗겨져 있었다.

나는 소리쳐 물었다. "제우스의 딸이여, 젊음은 어디에 있습니까?"

멜포메네는 대답하지 않았다. 그러나 나를 그녀의 날개에 매달고 높은 산꼭대기로 데려갔다. 저 아래로 내가 호흡하던 땅이 보였다. 그 땅에 존재하는 모든 것이 보였다. 우주의 비밀이 기록된 책을 활짝 펼쳐놓은 것처럼 모든 것이 한눈에 보였다.

나는 멜포메네의 곁에서 경외감에 사로잡혀 인간의 비밀을 곰곰이 생각해보면서 삶의 신비로움을 풀어내려 안간힘을 다했다.

THE WORDS OF THE MASTER

  마침내 나는 서글픈 모습들을 보았다.

  행복의 천사들이 불행의 악마들과 전쟁을 벌이고 있었다. 그 전장의 한가운데 사람들이 있었다. 희망의 길을 찾아가는 사람들과 절망의 나락으로 빠져드는 사람들로 나뉘어졌다.

  그리고 사랑과 증오를 보았다. 사랑과 증오가 인간의 가슴을 희롱하는 모습을 지켜보았다. 사랑은 인간의 죄를 감추어주며, 순종과 칭찬과 달콤한 말로 빚어진 포도주로 인간을 취하게 만들었다.
  반면에 증오는 인간을 분노하게 만들면서 진리에 다가서지 못하도록 인간의 귀를 막고 인간의 눈을 가렸다.

그리고 나는 한 도시를 보았다. 빈민굴 아이처럼 몸을 웅크린 채 아담의 자손들이 입은 옷을 잡아채는 도시였다. 멀리서 나는 인간이 처한 슬픔에 눈물짓는 아름다운 벌판을 보았다.

나는 성직자들이 교활한 여우처럼 인간을 유혹하는 것을 보았다. 인간의 행복을 빼앗아가려는 거짓 메시아들의 간계와 음모를 보았다.

사람들은 지혜에게 구원을 청했다. 그러나 지혜는 그들의 통곡을 들어주지 않았다. 지혜가 도시의 거리에서 사람들에게 눈을 뜨고 귀를 열라고 가르쳤을 때, 사람들은 그 가르침에 저주를 퍼부었기 때문이었다.

그리고 나는 성직자들이 하늘을 경배의 눈길로 바라보는 것을 보았다. 그러나 그들의 가슴은 탐욕으로 채워져 있었다.

한 젊은이가 달콤한 말로 한 여인의 마음을 사로잡는 것도 보았다. 그러나 그들의 가슴에는 진정한 사랑의 감정이 없었다. 신성한 사랑의 가치는 이미 사라진 지 오래였다.

법률가들이 한가롭게 떠벌리는 것도 보았다. 그들은 위선과 기만의 시장에 그들의 재주를 파는 사람일 뿐이었다. 의사들이 순박한 사람들의 영혼을 희롱하는 것을 보았다. 무지한 사람들이 지혜로운 사람들과 뒤섞여서, 그들의 과거를 영광의 옥좌처럼 찬양하고 그들의 현재를 화려한 옷으로 꾸미며 미래를 위해 사치스런 침대를 준비하는 것도 보았다.

그리고 가난한 사람들이 씨를 뿌리고, 권력자들이 법이라 불리는 억압 장치의 보호를 받으며 수확하는 것을 보았다.

깨달음의 보물들이 무지의 도적들에게 약탈당하는 것을 보았다. 그러나 빛의 파수꾼들은 깊은 잠의 수렁에서 뒹굴고 있을 뿐이었다.

사랑을 속삭이는 두 연인을 보았다. 그러나 여인은 연주되지 않는 류트(기타와 비슷한 14-17세기의 현악기)와도 같았다. 남자는 류트의 아름다운 선율을 이해하지 못한 채 불협화음만을 빚어낼 뿐이었다.

나는 학문의 세력이 특권의 세습에 물든 도시를 공격하는 것을 보았지만, 그 세력은 너무도 미약해 곧 사라지고 말았다.

THE WORDS OF THE MASTER

    그리고 나는 자유를 보았다. 자유는 홀로 외롭게 거닐면서 문을 두드리며 쉴 곳을 찾았지만, 자유의 애절한 호소에 응답하는 사람은 아무도 없었다.

    그런데 방탕이 화려한 옷을 걸치고 거리를 활보하자, 수많은 군중이 몰려나와 방탕을 자유의 이름으로 환영했다.

    종교는 책 속에 묻혀 있었다. 종교가 밀려난 자리를 불신이 채웠다. 사람들은 인내심을 비겁함이라 비난하면서, 나태를 관용이라 찬양하고 두려움을 겸손으로 미화했다.

    학문의 자리를 차지한 침입자가 어리석은 주장을 제멋대로 쏟아내도 사람들은 그저 침묵을 지킬 뿐이었다.

THE VOICE OF THE MASTER

폭력을 일삼는 사람들의 손에 쥐어진 황금은 악행을 위한 수단이었다. 인색한 사람들의 손에 쥐어진 황금은 증오를 위한 미끼였다. 그러나 지혜로운 사람들의 손에는 한 줌의 황금도 없었다.

이 모든 것을 보고 나는 슬픔을 이겨낼 수 없었다. 나는 오열을 터뜨리며 물었다.

"제우스의 딸이여, 저기가 정말 사람들이 사는 땅입니까? 저 모습이 정말 사람의 모습입니까?"

멜포메네는 부드러운 목소리, 그러나 고뇌에 찬 목소리로 대답해주었다.

"그대가 본 세계가 바로 영혼이 걸어야 할 길입니다. 그 길은 모난 돌조각과 날카로운 가시로 뒤덮인 형극의 길입니다. 그 길은 인간의 그림자일 뿐입니다. 어둠에 잠긴 밤입니다. 그러나 끈기있게 기다립시오! 아침이 곧 밝아올 테니까요!"

그리고 멜포메네는 부드러운 손길로 내 눈을 덮었다. 그녀가 그 손을 거두었을 때, 나는 볼 수 있었다!

젊음이 내 곁을 천천히 걷고 있었다.
그리고 우리 앞에, 영혼이 걸어야 할 길을 인도하며 희망이 걷고 있었다.

RESURRECTION
부활

20

▲▲▲

사랑하는 여인이여, 지난날 나는 이 세상에서 혼자였습니다. 죽음처럼 냉혹한 외로움에 떨어야 했습니다. 나는 커다란 바위가 드리운 그림자 속에서 힘겹게 살아가는 꽃이나 다름없었습니다. 삶이 그런 꽃의 존재를 알았겠습니까, 그런 꽃이 삶이란 것을 알았겠습니까?

그러나 오늘 내 영혼이 깨어났습니다. 그리고 당신이 내 곁에 있는 것을 깨닫게 되었습니다. 나는 두 발로 굳건히 일어나 삶을 즐겼습니다. 당신 앞에 무릎을 꿇고 사랑의 기도를 올렸습니다.

THE VOICE OF THE MASTER

　사랑하는 여인이여, 지난날에는 산들바람의 흥겨운 숨결도 내게는 매섭게 느껴졌습니다. 태양의 강렬한 햇살로 한없이 허약하게 느껴졌습니다. 안개가 이 땅의 얼굴을 뒤덮고, 바다에서는 파도가 폭풍처럼 글그렁댔습니다.

　나는 주변을 바라보았습니다. 어둠의 유령들이 굶주린 콘도르처럼 내게로 달려와 괴롭혀댔지만 내 곁에는 번민에 사로잡혀 신음하는 내 자아만이 있었을 뿐입니다.

　그러나 오늘, 환한 햇살이 대자연을 흠뻑 적셔주고 있습니다. 포효하던 파도가 가라앉고 안개도 사라졌습니다. 어디를 바라보아도 내 앞에는 삶의 비밀이 그 신비로움을 환히 드러내고 있습니다.

THE WORDS OF THE MASTER

　　지난날, 나는 밤의 침묵에 소리를 낼 수 없는 말이었습니다. 하지만 오늘 나는 시간의 입술을 간질이는 노래가 되었습니다. 순식간에 일어난 변화였습니다. 한 번의 눈길, 한마디의 말, 한 번의 탄식, 그리고 한 번의 입맞춤이 빚어낸 변화였습니다.

　　사랑하는 여인이여, 과거를 찾아가려는 내 영혼과 미래의 희망을 꿈꾸는 내 가슴이 그 짧은 순간에 하나로 합해졌습니다. 대낮의 햇살에 땅을 뚫고 뛰쳐나와 꽃봉오리를 피운 하얀 장미가 그랬을까요? 내 삶에서 그 순간은 사랑과 온유로 가득했습니다. 인간의 세계를 찾아온 그리스도께서 탄생하시던 순간이 그랬을까요? 그 짧은 순간에 어둠이 빛으로, 슬픔이 기쁨으로, 절망이 행복으로 바뀌었습니다.

THE VOICE OF THE MASTER

　사랑하는 여인이여, 사랑의 불길은 온갖 형상으로 하늘에서 내려오지만 그들이 이 땅에 남긴 자국은 하나입니다. 인간의 가슴을 환히 밝혀주는 조그만 불길은 인간이 걸어야 할 길을 밝혀주려 하늘에서 내려오는 커다란 횃불과도 같습니다. 모든 인류의 희망과 감성이 하나의 영혼에 담길 수 있기 때문입니다.

　내 사랑하는 여인이여, 유대인들은 그들을 속박에서 해방시켜 줄 것이라 약속되었던 메시아의 도래를 기다렸습니다. 세상의 위대한 영혼은 주피터 신과 미네르바 여신의 숭배가 소용없다는 사실을 깨달았습니다. 그들이 빚어주는 포도주로는 사람들의 갈증을 가실 수 없었기 때문입니다.

THE WORDS OF THE MASTER

    로마 사람들은 아폴로 신을 불신하게 되었습니다. 그에게 인정을 기대할 수 없었기 때문입니다. 또한 비너스 여신의 아름다움도 이미 한 줌의 흙으로 변해버렸습니다. 유대인과 로마인, 그들은 이 땅에 난무하는 모든 것을 초월하는 지극한 가르침을 목말라했습니다. 가슴 속 깊이에서 갈망했습니다. 그들은 태양의 햇살과 삶의 경이로움을 이웃과 더불어 즐길 수 있는 지혜를 깨닫게 해 줄 영혼의 자유를 열망했습니다.

    영혼이 자유롭지 못하다면 우리가 어찌 보이지 않는 절대자에게 가까이 다가설 수 있겠습니까? 우리가 그분에게 다가설 때 어찌 두렵지 않고 부끄럽지 않을 수 있겠습니까?

THE VOICE OF THE MASTER

　내 사랑하는 여인이여, 이 모든 것이 2천 년 전에 있었던 일입니다. 인간의 욕망이 눈에 보이는 것에 매달리며 맑은 영혼의 세계에 다가서기를 꺼릴 때 있었던 일입니다.

　그때 숲의 주관자인 판(그리스 신화에 나오는 목신)은 양치기들의 가슴을 공포로 짓눌렀고, 태양의 주관자인 바알은 성직자들의 무자비한 손을 빌어 가난하고 비루한 사람들의 영혼을 억압했습니다.

　어느 날 밤에, 어느 시간에, 기나긴 역사에서 어느 순간에, 성령의 입술이 '생명'이란 성스런 낱말을 되살려냈습니다. 그 낱말은 한 처녀의 무릎에서 잠든 아기의 살이 되었습니다.

THE WORDS OF THE MASTER

밤의 어둠을 타고 몰래 습격하는 야수들에게서, 양떼를 지키던 목자들은 마구간 구유에서 잠든 초라한 아기를 경이롭게 바라보았습니다.

어머니의 남루한 옷에 싸인 아기는 고통받는 사람들과 가난한 사람들의 왕이 되었습니다. 아기 왕은 겸손을 가르치며 주피터의 손에서 권력을 건네받아, 양떼를 보호하는 가난한 목자에게 그 권력을 주었습니다.

아기 왕은 미네르바에게서 지혜를 빼앗아, 그물을 수선하는 가난한 어부의 가슴에 그 지혜를 심어 주었습니다. 아폴로에게서는 슬픔으로 즐거움을 끌어내어, 길가에 쓰러져 실의에 빠진 거지에게 그 즐거움을 선물로 주었습니다.

비너스에게서는 아름다움을 빼앗아, 잔혹한 압제자 앞에서 몸서리치며 몸을 팔아야 했던 여인의 영혼을 축복해주었습니다.

아기 왕은 바알을 옥좌에서 몰아내고, 이마의 땀방울로 씨를 뿌리고 땅을 경작하는 겸허한 농부를 그 자리에 앉혔습니다.

사랑하는 여인이여, 지난날 내 영혼은 이스라엘 민족과도 같은 것이 아니었을까요? 밤의 침묵에서도 나를 시대의 악행과 속박에서 구원해 줄 내 구세주의 도래를 기다리고 있던 것이 아니었을까요? 그 옛날 이스라엘 민족이 그랬듯이 나도 끝없는 갈증에 목말라하고 영혼의 굶주림에 고뇌한 것이 아니었을까요?

THE WORDS OF THE MASTER

　광야에서 길을 잃은 어린아이처럼 삶의 길을 걷고 있던 것이 아니었을까요? 내 삶이 새마저 찾지 않고, 습기가 없어 열매조차 맺지 못하고 말라버린 바위에 뿌려진 씨앗은 아니었을까요?

　내 사랑하는 여인이여, 이 모든 것이 지난날에 있었던 일입니다. 내 꿈이 어둠 속에 몸을 웅크린 채 아침이 다가오는 것을 두려워했던 때에 있었던 일입니다. 슬픔이 갈기갈기 찢어낸 내 가슴을 희망이 힘겹게 기워줄 때 있었던 일입니다.
　어느 날 밤에, 어느 시간에, 기나긴 역사에서 어느 순간에, 성령이 빛의 세계에서 내려와 당신의 눈동자로 나를 바라보았습니다. 그 눈길에서 사랑이 잉태되었습니다.

THE VOICE OF THE MASTER

그 사랑은 내 가슴에 깊이 새겨졌습니다. 내 감정의 옷에 싸인 그 위대한 사랑은 슬픔을 환희로 바꿔주었습니다. 절망을 행복으로, 외로움을 낙원으로 돌려놓았습니다.

사랑은 위대한 왕이었습니다. 사랑은 내 죽은 자아를 되살려주었습니다. 눈물이 맺힌 내 눈동자에 빛을 되돌려주었고, 나를 절망의 늪에서 일으켜 희망의 왕국을 향해 달려가도록 용기를 주었습니다.

사랑하는 여인이여,
지나간 나날은 내게 어둔 밤이었습니다.
그러나 보십시오!
새벽이 찾아왔습니다.
곧 태양이 떠오를 것입니다.

어린 예수의 숨결이 창공을 가득 채우며 대기의 정기와 하나가 되었기 때문입니다. 지난날에는 불행으로 점철되었던 삶이었지만, 이제 기쁨이 넘쳐흐르는 삶이 될 것입니다. 어린 예수의 두 팔이 나를 감싸주고 내 영혼을 지켜주기 때문입니다.

옮긴이의 글

❖❖❖

칼릴 지브란은 레바논에서 태어났다. 그가 태어났을 때나 지금이나 레바논은 기독교와 이슬람교가 미묘한 갈등 속에서 공존하는 땅이다.

이런 환경에서 어린 시절과 청소년기를 보낸 지브란(12세에 레바논을 떠나 미국으로 건너갔고, 15세에 레바논에 다시 돌아와 고등학교를 다닌 후 19세에 미국으로 완전히 건너갔다)의 눈에 종교 간의 갈등이 어떻게 비추었을까? 또한 터키의 속국에서 벗어나기도 전에 프랑스의 위임통치국으로 전락해야 했던 조국의 운명을 보면서 정치적 역학관계를 어떻게 생각했을까?

▲▲▲

 지브란은 종교를 신의 손가락에 비유했다. 이 뜻을 헤아리기란 그다지 어렵지 않다. 종교들은 손가락처럼 제각각 다른 이름을 갖고 있지만, 모든 손가락은 손에서 시작되듯이 모든 종교의 뿌리는 하나라는 것이다. 결국 종교의 다툼은 누구의 껍질이 더 나은 가를 두고 다투는 덧없는 싸움인 셈이다.
 지브란은 겉모습인 허상을 버리고 내면의 목소리에 귀를 기울이라고 촉구했다. 그리고 내면의 목소리는 우리에게 사랑을 열망한다고 가르쳤다. 지브란은 사랑하는 방법까지 구체적으로 가르쳐주었다. 서로에게 충고와 조언을 구하는 길이 사랑에 다가서는 첩경이라 말했다. 로댕이 그를 가리켜 '미국의 블레이크'라고 칭했듯이 그의 그림은 신비적이지만, 그의 글은 논리적이다. 우리가 서로에게 충고와 조언을 구하고 또 그것에 귀를 기울인다면, 우리가 적이라 생각할 사람도 당연히 줄어들지 않겠는가!

지브란은 격랑의 세월을 살았다. 조국이 처한 불행을 생각하면서 언제나 가슴 아파했다. 그러나 그는 좌절하거나 포기하지 않았다. 언제나 희망을 잃지 않았다. 우리가 살아야 할 삶을 형극의 길에 비유했지만, 밤이 깊어갈수록 새벽이 가깝다는 진리를 생각하며 살았다.

지브란은 그 시대의 지도자들과 지식인들에게 글로써 맹공을 퍼부었다. 그들의 위선적 행동을 매섭게 나무랐다. 그들의 탐욕에 신음하는 억압받는 사람들을 글로써 위로해주었다. 우리는 침묵하는 지식인을 나무란다. 지식인이 침묵하는 것은 세상에 죄를 짓는 것이나 다름없는 것이라고 나무란다.

▲▲▲

 그러나 지브란은 지식인의 침묵보다 더욱 위험한 것이, 비뚤어진 사다리에 몸을 지탱하고서 세상을 올바로 보지 못하는 지식인의 시각이라 생각했다. 그러나 문제는 그들이 세상을 올바로 보고 있다고 착각하는 데 있다. 내 눈의 티끌을 보지 못하는 사람들이 남의 눈의 티끌을 비난하는 세상이 되어버렸다.

 먹고살기에 바쁘기 때문일까? 아니면 나태함 때문일까? 아니면 책임감의 부족일까? 먹고살기에 바쁘다면 입을 다물어라. 나태한 사람이라면 밭이라도 갈면서 이마에 땀부터 흘려보라. 책임감이 부족하다면 자기 밥상부터 차려보라. 내가 법을 위반한 것은 정의를 위한 행동이며, 남이 법을 위반한 것은 범죄일 뿐이다.

―――――――――――― ▲▲▲ ――――――――――――

　우리는 이런 착각에서 살아간다. 그 때문에 인내하는 사람은 비겁한 사람이라 매도하는 세상이 되었고, 나태를 관용으로 미화하는 세상이 되었다. 그야말로 어둠이 짓눌린 밤의 세계이다. 그러나 좌절하거나 체념해서는 안된다. 환한 빛이 세상을 밝혀주는 아침은 반드시 올 테니까!

KAHLIL
GIBRAN

칼릴 지브란의 생애와 문학: 1883-1931

▲▲▲

1883 레바논의 브샤리에서 1월 6일 출생. 어머니 카밀레는 성직자, 이스티판 라메의 딸로 태어나 두 번 결혼했다. 첫 남편은 한나 압드-에스-살람 라메였으며, 그와의 사이에서 부트로스란 이름의 아들을 낳았다. 두 번째 남편은 시인의 이름과 동일한 칼릴 지브란이었으며, 시인이 태어났을 때 부트로스의 나이는 6살이었다.

1885 지브란의 여동생 미리아나가 태어났다.

1887 지브란의 둘째 여동생 술타나가 태어났다.

1895 아버지를 제외한 가족 모두가 미국으로 이주했다. 미국에 도착한 즉시로 레바논 사람들이 모여

사는 보스턴의 허드슨가에 정착했다. 지브란은 이곳 공립학교에 입학해서 2년간 수업을 받았다. 이때 지브란은 영어를 거의 완벽하게 익혔다고 전해진다.

1897 지브란 혼자서 레바논으로 돌아와 알-히크마 고등학교에 입학했다. 학교에서 가르치는 과목 이외에도 폭넓은 학문을 섭렵했으며, 특히 아랍 문학에 깊이 빠져들었다. 또한 아랍세계의 근대 문학운동에 대해서도 알게 되었다.

1899 브샤레에서 여름방학을 보내는 동안 지브란은 한 아름다운 여성과 깊은 사랑에 빠졌다. 그 여인이 누구이고, 그 여인과의 관계에 대해서 많은 억측이 있지만 그 첫사랑이 지브란에게 실망과 좌절을

안겨준 것만은 틀림없다. 가을에 지브란은 파리를 경유해서 보스턴으로 돌아갔다. 그리고 훗날 그 불행했던 첫사랑의 이야기를 ≪부러진 날개≫란 이름으로 발표했다.

1902 다시 레바논으로 돌아왔다. 이번에는 한 미국인 가족의 안내인이자 통역자로 따라왔지만, 누이동생 술타나의 사망 소식과 어머니가 위독하다는 소식에 서둘러 보스턴으로 돌아가야 했다.

1903 3월 이복형인 부트로스가 세상을 떠났다. 어머니도 지브란과 미리아나만을 남겨두고 6월에 세상을 떠났다. 어머니, 이복형, 누이동생 모두가 결핵이 사망 원인이었다.

▲▲▲

1904 이즈음 지브란은 화가로 주목받기 시작했다. 유명한 사진작가이던 프레드 홀랜드 데이가 지브란의 후원자로 나서, 1월에 그의 작업실에서 지브란의 데생과 그림으로 첫 전시회를 열어 주었다. 2월에는 메리 헤스켈이 소유자로서 직접 운영하던 사립학교, 캠브리지 스쿨에서 두 번째 전시회를 가졌다. 그 후 메리 헤스켈은 지브란의 막역한 친구이자 헌신적인 후원자가 되었다.

캠브리지 스쿨에서 지브란은 프랑스 출신의 아름답고 충동적인 여인을 만났다. 에밀리 미셰로, 친구들에게는 미셀린이란 이름으로 불렸으며, 지브란은 그녀를 몹시 사랑했던 것으로 전해진다.

1905 아랍어로 쓴 최초의 책 ≪음악≫을 발표했다.

▲▲▲

1906 교회와 정부를 신랄하게 비판한 ≪계곡의 요정들≫을 발표했으며, 이 책으로 지브란은 반항자이고 혁명가라는 평판을 얻었다. 훗날 신비주의적 작품들도 그 평판을 완전히 탈색시키지는 못했다.

1908 ≪반항 정신≫의 출간을 준비하는 과정에서도 〈종교와 종교성의 철학〉에 몰두했지만 이 책은 영원히 출간되지 못했다. 위대한 화가이자 사색가가 되려는 지브란의 꿈을 성취하도록 헌신적인 도움을 아끼지 않은 메리 헤스켈의 후원으로, 지브란은 파리로 유학을 떠날 수 있었다.

쥘리앵 아카데미와 에콜 데 보자르에서 본격적으로 그림수업을 받았다. 파리에서 지브란은 유럽 문학을 접할 수 있었고, 당시 영국과 프랑스 작가들의 작품을 읽었다. 특히 윌리엄 블레이크의 작품세계에 깊은 관심을 가졌던 까닭에, 블레이크는 지브란의 사상과 예술에 많은 영향을 끼쳤다.

한때는 프리드리히 니체의 ≪짜라투스트라는 이렇게 말했다≫에 매료되었지만, 블레이크의 영향과 달리 니체의 영향은 곧 시들해졌다.

1909 파리에서 공부하는 동안 알-히크마 고등학교 동창생인 유세프 알-후와이크를 만났다. 그도 역시 미술학도였다. 둘은 곧 절친한 사이가 되었고, 함께 현대회화의 조류를 연구하기 시작했다. 그러나 그들은 입체주의에 공감할 수 없었다. 입체주의를 정신병자들의 혁명이라 평가하면서 그들은 고전주의적 전통에서 벗어나지 않기로 결심했다.

이때 오귀스트 로댕을 만나기도 했다. 그들의 만남은 순식간에 끝났지만, 로댕은 지브란의 예술 세계에 깊은 영향을 남겼다. 한편 지브란이 파리에서 스승으로 모셨던 화가는 로렌스였지만, 지브란은 그를 몹시 못마땅하게 여겼던 까닭에 결국 그의 곁을 떠나 혼자서 독학하기 시작했다. 지브란의 아버지가 레바논에서 세상을 떠났다.

1910 지브란, 아민 리하니, 유세프 알-후와이크가 런던에서 만나, 아랍세계의 문화를 부흥시키기 위한 계획들을 세웠다. 그 계획 중에는 기독교와 이슬람교의 화합을 상징하는 원형 지붕의 오페라하우스를 베이루트에 건설하겠다는 계획도 있었다.

▲▲▲

　10월에 보스턴에 돌아온 지브란은 10살이나 연상이던 메리 헤스켈에게 청혼하지만, 메리 헤스켈은 그 청혼을 완곡히 거절했다.

1911　터키의 지배에서 아랍 국가들이 해방되면서 정치적으로 불어닥친 격동의 시기에, 지브란은 〈골든 서클〉이라는 반정치 단체를 결성했다. 그러나 골든 서클은 아랍 이민자들에게 호응을 얻지 못해서 첫 회합 이후 해체되고 말았다. 지브란은 초상화를 그려주며 생계를 꾸려갔다.

1912　보스턴에서 뉴욕으로 이주해, 웨스트 10번가에 있는 스튜디오를 빌렸다. 이곳을 '은둔자의 집'이라 칭하며 평생의 안식처로 삼았다. 1903년부터

▲▲▲

써온 자서전적 이야기 ≪부러진 날개≫를 발표했다. 이집트에 거주하는 레바논 출신의 여류작가 메이 지아다와 문학적 사랑을 나누기 시작했다. 그들은 오직 서신을 통해서만 서로를 아는 사이였다. 하지만 그들의 관계는 지브란이 세상을 떠날 때까지 계속되면서, 서로를 이해하면서 내밀한 이야기까지 주고받는 관계로 발전했다.

1914 1904년부터 여러 잡지에 기고한 산문시를 모아 ≪눈물과 미소≫라는 제목으로 출판했다. 12월에는 뉴욕의 몬드로스 갤러리에서 개인전을 가졌다.

1917 뉴욕의 노들러 갤러리와 보스턴의 돌 앤 리차즈 갤러리에서 두 번의 전시회를 가졌다.

▲▲▲

1918 영어로 쓴 최초의 책 ≪광인≫을 발표했다.

1919 그의 데생을 모아 ≪스무 개의 데생≫을 출간했다. 앨리스 라파엘이 이 책의 서문을 써주었다. 한편 그의 명상과 철학을 담은 시집, 그리고 정선한 데생을 삽화로 사용한 ≪행렬가≫를 발표했다. 이 책은 ≪예언자≫의 전조이기도 하다.

1920 짧은 이야기와 산문시를 모은 ≪폭풍우≫를 출간, 영어로 두 번째로 쓴 ≪선구자≫를 출간했다.

1921 건강이 악화되기 시작했다. 그러나 아랍어로 신비주의 색채가 농후한 ≪이람, 고원한 기둥의 도시≫라는 희곡을 썼다.

1923 그가 17세 때 상상으로 보았다는, 아랍의 위대한 철학자와 시인들의 얼굴을 스케치한 삽화를 곁들여 ≪아름답고도 신비한 말씀≫을 출간했다. 이어서 지브란의 대표작이라 할 수 있는 ≪예언자≫를 발표했다.

1925 미국의 시인 바바라 영과 교류를 가졌다.

1926 ≪모래와 물거품≫을 발표했다. 일종의 잠언집으로, 처음에 아랍어로 쓰였지만 나중에는 영어로 번역되었다.

1928 ≪예수, 사람의 아들≫을 출판했다.

▲▲▲

1931 세상을 떠나기 2주 전에 ≪지상의 신들≫을 출간했다. 4월 9일 뉴욕 세인트 빈센트 병원에 긴급 입원했지만, 이튿날 48세를 일기로 병고에 시달리던 생애를 마감했다. 8월 21일 그의 유해는 고향인 브샤리에 있는 옛 수도원 마르 사르키스에 안장되었다. 그가 남긴 그림들은 뉴욕을 비롯한 여러 박물관과 고향 마르 사르키스 기념관에 남겨졌다.

1932 지브란이 쓴 완성된 원고 ≪방랑자≫가 그의 사후 출판되었다.

1933 지브란의 미완의 원고 ≪예언자의 정원≫이 미국의 여성 시인, 바바라 영이 완성하여 출판했다.

THE GIBRAN MUSEUM: BSHARRI-LEBANON

칼릴 지브란(1883-1931)

예언자의 땅 레바논의 브샤리에서 태어나고 성장했다. 1895년 가족과 함께 고향을 떠나 미국으로 이주했다. 1898년 지브란은 다시 레바논으로 돌아와 베이루트의 '지혜의 학교'에서 아랍어와 프랑스어를 배우고 아버지를 따라 여행하며 그림을 그렸다. 이때 고대와 현대의 아랍 문학에 심취했다. 1908년 파리로 유학을 떠난 지브란은 그 시대의 철학자, 시인, 문학가, 화가들과 만나 그들의 영향을 받기 시작하면서 그 역시 위대한 예술가, 철학자, 작가이며 시인의 길을 걷게 된다.

지브란에게 파리 체류 중 중요한 사건은 윌리엄 블레이크를 발견한 것이었다. 블레이크의 작품을 읽으며 지브란은 자신이 품고 있던 생각을 확인할 수 있었다. 한동안 프리드리히 니체의 『짜라투스트라는 이렇게 말했다』에 심취했으나, 블레이크의 작품에 관심을 가져 그의 사상과 예술의 영향을 깊이 받았다. 지브란은 블레이크의 "자유롭고 고결하며 행복한 영혼"에 매혹당했다.

미국 보스턴으로 다시 돌아가 작품활동에 전념한 그는 평생 독신으로 지내며 인류의 평화와 화합, 레바논의 종교적 단합을 호소했다. 젊은 시절 지브란은 '골든 서클'을 창설하는 등 자신의 조국을 침략한 오스만 투르크의 압제와 착취를 통렬히 비판하는 행동하는 양심가였으며, 빈곤과 불의와 부패, 제도화된 폭력을 규탄하며 인간의 존엄을 강조한 열렬한 인권옹호자였다.

그는 이미 20세기 초에 아름다운 지구의 소중함을 일깨우면서 자연을 경배하고 보호하며, 자연과 교감하면서 자연으로부터 배워야 한다고 강조한 선각자였다.

자신의 영혼 속에 동양의 신비주의를 간직해 온 지브란은 문학을 통해 동양과 서양을 한데 녹여 그리스도교와 이슬람, 영성과 물질주의를 높은 차원에서 결합시킴으로써 신비로운 자신의 철학을 만들어냈다. 그는 영혼의 양식이 결핍했던 황량한 시대에 신의 세계가 인간의 양식임을 외로운 음성으로 소리쳤다.

지브란에게는 시인, 화가, 철학자, 예언자, 신비주의자, 저항하는 사람, 평화주의자 등의 수많은 명칭이 따라다닌다. 그가 쓴 『예언자』는 성서 다음으로 가장 많이 읽힌 책이 되었다.

『영혼의 순례자 칼릴 지브란: 지혜의 서』는 깨달음을 얻은 자의 여정이 담긴 「스승과 제자의 대화」 두 편과 스승의 메시지를 전하는 「지혜의 말씀」 스무 편이 담겨 있다. 인간에 대한 깊은 이해와 깨달음을 통해 '영원한 지혜의 목소리'를 들려준다.

옮긴이 강주헌

한국외국어대학교 불어과를 졸업하고 같은 대학교 대학원에서 석사 및 박사학위를 받았다. 프랑스 브장송 대학에서 수학한 후 한국외국어대학교와 건국대학교 등에서 언어학을 강의했다. 2003년 '올해의 출판인 특별상'을 수상했다. 현재 전문번역가로 활동하고 있는 그는 '펍헙(PubHub) 번역 그룹'을 설립해 후진 양성에도 힘쓰고 있다.

저서 『현대 불어학 개론』, 『기획에는 국경도 없다』 등이 있으며, 옮긴 책으로는 『어린 왕자』, 『신의 무덤』, 『예수의 웃음』, 『톨스토이 성경』, 『인류 최초의 문명들』, 『초월적 세계를 향한 관념의 역사』, 『문명의 붕괴』, 『새로운 세기와의 대화』, 『유럽사 산책』, 『지식인의 종말』, 『공공선을 위하여: 촘스키, 세상의 권력을 말하다』 등이 있다.

Illustration Page
Sir LAWRENCE ALMA-TADEMA (1836-1912):
로렌스 알마 타데마 경

page 002 *Spring, 1894*
page 012 *A Reading from Homer, 1885*
page 020 *Sappho and Alcaeus, 1881*
page 032 *Ask Me No More, 1906*
page 056 *An eloquent silence, 1890*
page 074 *Prose, 1879*
page 084 *Spring, 1894*
page 094 *A Coign of Vantage, 1895*
page 104 *Spring, 1894*
page 110 *The Roses of Heliogabalus, 1888*
page 116 *A Reading from Homer, 1885*
page 124 *The Poet Gallus Dreaming, 1892*
page 138 *A Reading from Homer, 1885*
page 152 *Spring, 1894*
page 170 *Sappho and Alcaeus, 1881*
page 186 *A Coign of Vantage, 1895*
page 194 *An eloquent silence, 1890*

page 202   *Spring, 1894*

page 214   *Spring, 1894*

page 224   *A silent counselor, 1885*

page 234   *Hopeful, 1909*

page 242   *Silver Favourites, 1903*

page 256   *The Proposal, 1892*

page 270   *The Roses of Heliogabalus, 1888*

page 284   *Under The Roof of Blue Ionian Weather, 1903*

page 319   *Spring, 1894*

"오늘은 나 홀로이지만 내일이면
나의 말을 수많은 사람들이 말하게 될 것이다."

Kahlil Gibran